D1748212

Impressum

2. Auflage 2017
ISBN 978-3-88264-624-5

(c) Andrea Revers und Claus Weischet

Vertrieb:
FELDHAUS VERLAG GmbH & Co. KG
Bei der Neuen Münze 4a, 22145 Hamburg
Telefon +49 40 6794300
post@feldhaus-gruppe.de
www.feldhaus-verlag.de

Umschlagillustration:
Claus Weischet

Andrea Revers
Claus Weischet

Bitterböse Betthupferl

Kriminelle Kurzgeschichten aus der Eifel!

„Das Leben ist wie eine Pralinenschachtel.
Man weiß nie, was man bekommt."

Forrest Gump

„Der Tod auch!"

Andrea Revers

Die Betthupferl

Sahnig-leicht

Schokotrüffel	10
Männer sind wie Unkraut	14
Die dunkle Treppe	18
Es grünt so grün	22
Die Mauer	26
Schlechte Gewohnheiten	28
Tolle Aussichten	30
Familientradition	32
Frühkartoffeln	36
Die gute Tat	38
Käse-Igel töten nicht	42

Bitter-süß

Ordnung muss sein	46
In vino veritas	48
Die Zeit davor	52
Omelett mit Pilzen	54
Prost Mahlzeit	56
Gegenwind	58
Not macht erfinderisch	62
Düster	66
Unter Dampf	70

... mit herber Note

Persona non grata	74
Ein Freund, ein guter Freund	78
Kindertotenlieder	80
---bis dass der Tod sie scheidet	84
Die Flügel weit	88
Stille Nacht	92
Mousse au chocolat	94
Dank	100
Über die Autoren	101
Bildnachweise	102

Sahnig-leicht

Schoko trüffel

Isabelle lag im Garten in einem Liegestuhl und hielt ihr Gesicht in die Sonne. Es waren nach langen Wintermonaten die ersten warmen Tage im Jahr und sie hatte sehr viel Nachholbedarf. Das Buch hatte sie zur Seite gelegt - eine langweilige Reisedokumentation über Tibet. Manche Leute sollten wirklich nicht schreiben, sondern lieber was auch immer tun: Putzen, stricken, meditieren, Unkraut jäten. Ja, dafür könnte sie den Schriftsteller jetzt besser brauchen. Die Brennnesseln hatten dem schlechten Wetter getrotzt und waren schon wieder rund 30 Zentimeter hoch.

Plötzlich ein lauter Knall. Ihr Kopf fiel zur Seite, sie war sofort tot. Ein Mann durchbrach das Dickicht und betrachtete die Leiche. Mist, das war die Falsche. Er hatte es schon befürchtet, auf dem Foto war die Frau deutlich älter. Angewidert verzog er die Mundwinkel. Das konnte doch nicht wahr sein. Diese dämlichen Reihenhaussiedlungen. Jedes Haus sah aus wie das andere und bei mindestens der Hälfte fehlten die Hausnummern. Von den Gärten her konnte man sich noch schwerer orientieren. Was sollte er jetzt bloß tun. Ewig konnte er sich hier nicht aufhalten. Möglicherweise hatte man ihn schon aus dem Fenster heraus beobachtet. Er warf einen hektischen Blick zur Hintertür. Und zuckte erschrocken zusammen. Deutlich war hinter den Gardinen des Wohnzimmerfensters ein Gesicht zu erkennen. Es war das Gesicht einer jungen Frau. Genau genommen war es das Gesicht der toten Frau, die er gerade erschossen hatte. Er warf einen verstörten Blick zur Leiche - das war ja wirklich gespenstisch. Er merkte, dass seine Hände zitterten. Er versuchte zu zielen, doch die Waffe in seiner Hand bebte zu stark. Er musste hier

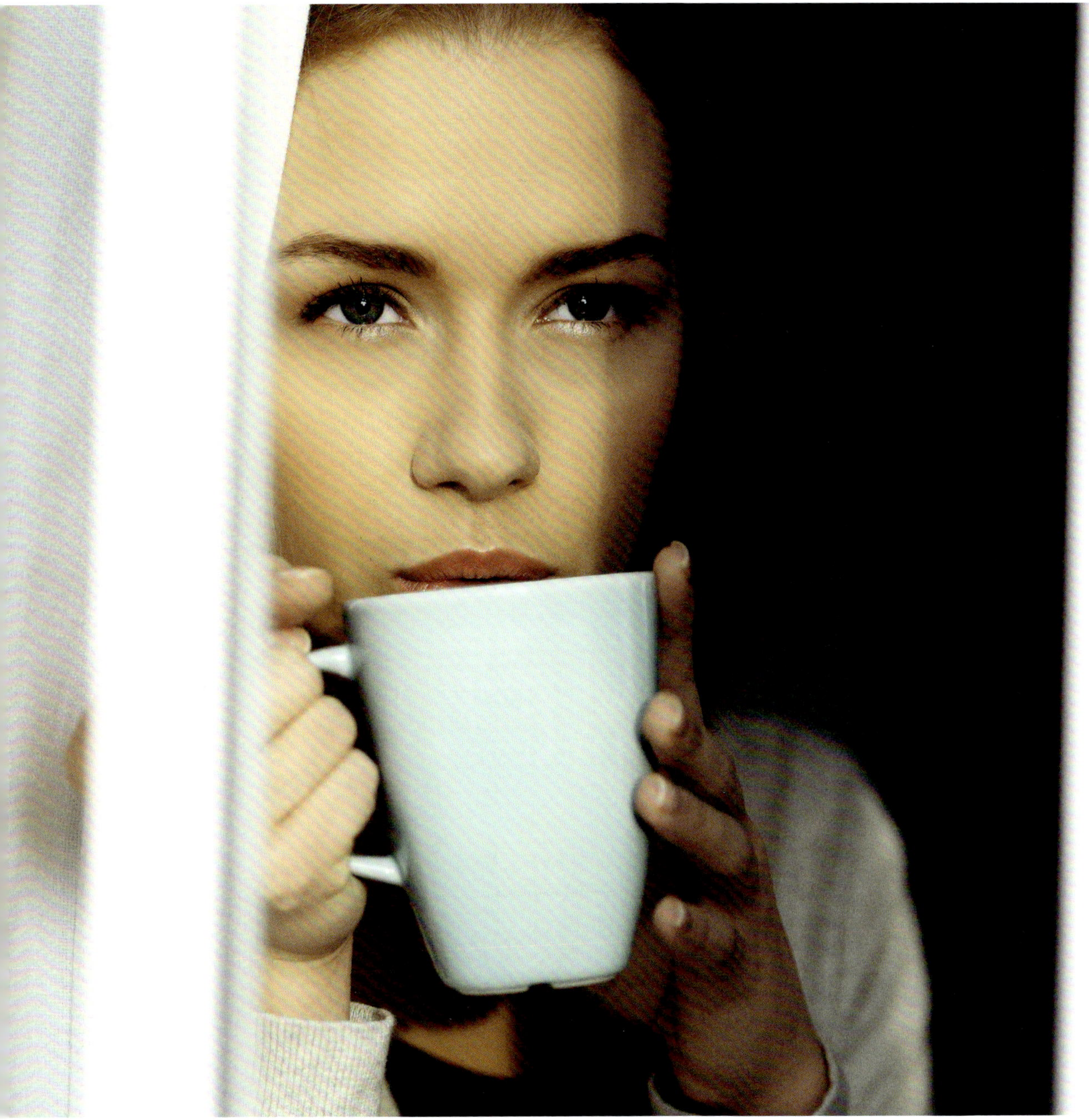

weg. Hektisch blickte er sich um. Da! Die hintere Gartentür, die direkt zu einem Fußweg führte. Sein Auftrag musste erst einmal warten. Die Frau im Haus hatte sein Gesicht gesehen. Auch darum musste er sich kümmern. Er warf einen letzten drohenden Blick zurück. Da sah er, dass die Frau am Fenster anerkennend den Daumen hob und ihm zunickte. Dann wandte sie sich ab. Was war das denn? Darüber musste er nachdenken.

Jutta ließ den Blick über die Couchgarnitur schweifen. Das war ja wirklich ein Glücksfall. Nicht, dass sie nicht ihrer Zwillingsschwester zugetan gewesen wäre. Eigentlich hatten sie sich immer gut verstanden. Bis Walter kam.... Groß, muskulös und blauäugig, ein Bild von einem Mann. Sie hatte ihn in ihrer Firma kennengelernt. Man hat sich zweimal getroffen, und dann hatte sie ihn das erste Mal mit nach Hause genommen und ihm ihre Schwester Isabelle vorgestellt. Die natürlich nichts anderes zu tun hatte, als in den Flirt-Modus zu schalten und Walter anzubaggern, was das Zeug hielt. Letzten Samstag hatte er tatsächlich gewagt, ihr einen flotten Dreier vorzuschlagen! Sie hätte ihm am liebsten geohrfeigt und viel hatte wirklich nicht gefehlt, aber gerade da klingelte es an der Haustür und ihre Mutter kam zu Besuch. Das führte zwangsläufig zum Themenwechsel, und Mutter war natürlich begeistert von so einem Prachtkerl. Eigentlich zum Kotzen! Aber mit 35 konnte man vielleicht nicht mehr so wählerisch sein. Doch mit ihrer Schwester würde sie ihren Geliebten definitiv nicht teilen. Und das musste sie ja nun auch nicht. Eigentlich tragisch! Sie lächelte versonnen, als sie zum Hörer griff, um die Polizei anzurufen. Wie war das noch bei Forrest Gump: „Das Leben ist wie eine Pralinenschachtel - man weiß nie, was man bekommt." Heute war es ein leckerer Schokotrüffel aus Bitterschokolade: Süß mit einer kleinen herben Note.

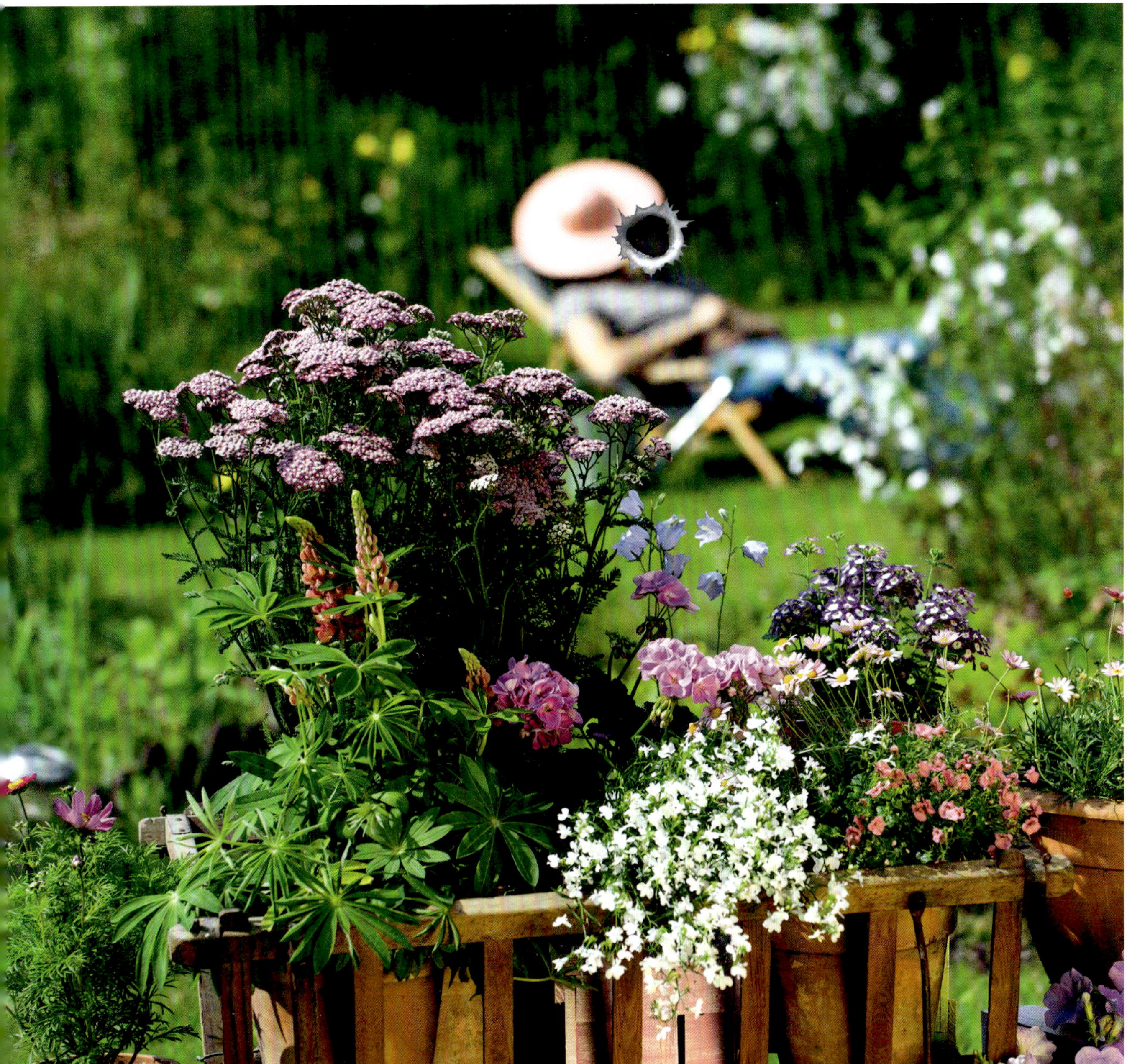

Die Ackerwinde ist eine Heilpflanze und enthält Herz-Kreislauf-Glykoside. Und auch psychoaktive Alkaloide! Bienen und Käfer schätzen die Blüte. Im Garten wird sie nicht so gerne gesehen, denn sie rankt sich an anderen Pflanzen hoch und behindert deren Wachstum.

Männer sind wie Unkraut

Omma Minchen saß verträumt im Garten und hing ihren Gedanken nach. Ein inzwischen seltenes Vergnügen! Es war ein friedvolles Bild – die kleine Gestalt auf der Gartenbank, direkt unter dem Rosenbogen. Die Ghislaine de Feligonde blühte in voller Pracht und verströmte einen leichten Duft. Omma Minchen rührte gedankenverloren in einem Eimer. Es war schön hier. Der Rittersporn zeigte ein unglaubliches Blau. Nur die Brennnesseln dazwischen störten Omma Minchen empfindlich. Brennnesseln erinnerten sie immer an ihren ersten Mann Wilfried. Der war auch wie eine Brennnessel: groß, aber ansonsten unscheinbar, und wenn man ihm zu nahe kam, konnte er gnadenlos zuschlagen. Das hatte sie mehr als einmal am eigenen Leib gespürt. Es war eine Erleichterung gewesen, als er beim Austausch eines Dachziegels von der Leiter stürzte und in die Güllegrube fiel. Sie hatte ihn mehr als einmal darauf hingewiesen, dass die Abdeckbretter faul waren. Nach einem ersten Schreck ging sie schnell in die Küche und hatte

In der Heilkunde werden Kletten eingesetzt wegen ihrer harntreibenden und blutreinigenden Wirkung. Sie wirken auch gegen Kopfschuppen, Gebärmuttersenkung oder bei unreiner Haut empfohlen!

darauf gewartet, dass die Hilfeschreie verstummten.

Danach trat Dietmar in ihr Leben. Sie seufzte bei dem Gedanken – er hatte so gut ausgesehen. Alle Frauen im Dorf schwärmten für ihn, doch er hatte sich für sie entschieden. Oder besser gesagt für ihr Haus! Hier machte er sich breit. Ein Typ wie Löwenzahn – hübsch, aber penetrant. Und unheimlich fruchtbar. Vier uneheliche Kinder zeugte er allein in der Verbandsgemeinde. Nach einem Jahr hatte sie total die Nase voll von ihm, doch als sie ihn hinauswerfen wollte, hatte er sie nur angegrinst und gemeint, sie könne ja gehen.

Es war ihr nichts anderes übrig geblieben, als ihn zu überfahren, als er mit seinem Fahrrad auf dem Weg zur Arbeit war. „Unfall mit Fahrerflucht" hatte es geheißen. Und da sie nie den Führerschein gemacht hatte, fiel kein Verdacht auf sie. Wer hätte gedacht, dass der alte Trecker von Wilfried, der seit Jahren unbenutzt in der Scheune stand, ihr noch so gute Dienste leisten könnte. Der Polizist war sehr nett gewesen und hatte sie in ihrem schweren Verlust getröstet. Hermann – so hieß er – hatte sie dann auch nach Abschluss der Ermittlungen noch weiter besucht. Am Anfang hatte sie seine Aufmerksamkeit genossen – endlich mal jemand, der sie zu schätzen wusste. Er nahm ihr alle Last ab, verwöhnte sie und trug sie auf Händen. Dabei war er allerdings eifersüchtig – sogar auf die Landfrauen oder den Kirchenchor. Irgendwann konnte sie keinen Schritt mehr allein vor die Tür machen, ohne dass es gleich zu einem Streit kam. Er erdrückte

Löwenzahn, auch als „Pissnelke" bekannt, ist eine beliebte Heil- und Küchenpflanze. Sie wirkt gegen Gicht, Gallen- und Nierensteine, Allergien...

sie – wie die Winden, die sich um das Johanniskraut rankten. Der letzte gemeinsame Urlaub war nicht schön, denn sie durfte kein Wort mit den anderen Pensionsgästen sprechen. Statt mit den anderen Gästen gemeinsam den Aufstieg zum Hausberg zu machen, versuchten sie, auf abseitigen Pfaden alleine den Weg zum Gipfel zu finden. Auf einem schmalen Steig verlor Hermann das Gleichgewicht und der schwere Rucksack zog ihn in den Abgrund. Sie hatte nur ein wenig mit ihrem Wanderstock nachgeholfen. Bei Wilfried hatte so ein Sturz ja auch ganz gut geklappt. Anschließend kehrte sie zur Pension zurück und informierte ganz aufgeregt die Bergwacht. Doch erst zwei Tage später fand man Kurt. Anscheinend hatte sie sich in ihrer Aufregung ein wenig mit der Richtung vertan.

Danach hatte sie die Nase so voll von Männern, dass sie fast 30 Jahre allein lebte. Das

Die Brennnessel zählt zu den wichtigsten Heilkräutern. Die Anwendungsbereiche: Entgiftung und Entschlackung. Im Gemüseanbau wird Brennnesselgewächs zur Düngung verwendet. Und inzwischen findet man Brennnesseln auch in der Sterne-Küche.

war eine gute Zeit gewesen. Sie schüttete gedankenverloren das angerührte Unkrautvernichtungsmittel in die Pflanzenspritze. Allerdings war ihre Rente nicht gerade üppig und so hatte sie sich vor einigen Jahren nach einem gut situierten Pensionär umgeschaut. Sie fand ihn in dem ehemaligen Lehrer Hans. Er war vor zwei Jahren bei ihr eingezogen und nervte sie seit dieser Zeit mit seiner Anwesenheit. Er war längst nicht so erdrückend wie die Winde Kurt und deutlich liebevoller als Brennnessel oder Löwenzahn, aber er war immer da. Wie eine ... Klette! Sie blickte nachdenklich auf den Rest des Pflanzenschutzmittels in ihrem Eimer. Als Witwe fühlte sie sich einfach wohler und die Witwenpension war wirklich nicht übel. Es würde sich schon eine Gelegenheit finden...

Man tut den Pflanzen also unrecht, wenn man sie als „Unkraut" abtut, wie Omma Minchen das macht. Sprechen wir lieber von Wildkräutern. Diese sind zwar im Garten schon mal störend, aber doch sehr nützlich. Auch Männer haben ja viel Gutes!

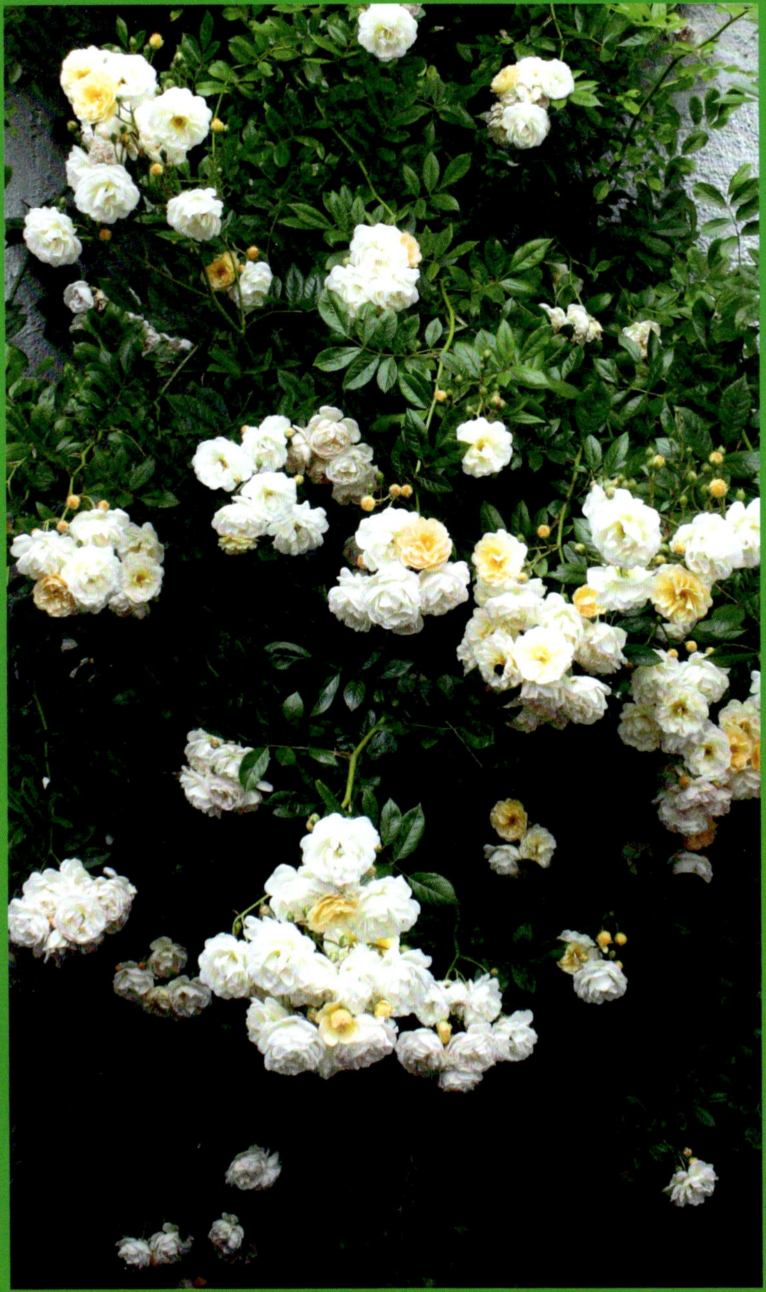

Die dunkle Treppe

Hätte es einen Beobachter gegeben, dann hätte dieser gesehen, dass sich kurz vor dem Sturz ein schwarzer Schatten auf dem Treppenabsatz erhob. Ein Schatten, der Wilhelm Trautmann ins Straucheln brachte. Normalerweise wäre dies kein Problem gewesen, aber Wilhelm Trautmann war ziemlich wackelig auf den Beinen – da änderte auch der schwere Stock nichts dran, den er immer bei sich trug und auf den er sich bei jedem Schritt aufstützte. Eigentlich kein Wunder, denn Wilhelm zählte immerhin schon 84 Jahre. Ein gesegnetes Alter für einen Mann. Ein Alter, auf das man stolz sein konnte. Doch Wilhelm Trautmann war nicht stolz, glücklich oder mit sonstigen positiven Gefühlen gesegnet. Auf ihn passte eher das Etikett „mürrisch und unfroh". Die Nachbarn gingen ihm gepflegt aus dem Weg, wenn er die Straße entlang humpelte. Schaffte man es nicht schnell genug ins Haus, ging es auch schon los: „De Stroaß öess net jekehrt, et Loauf fällt op mengen Hoff, de Katz scheißt mr en dr Jaade en`t Jemöös, Sonnes hängt mr kejn Weisch op...". Irgendwas war immer! Und deshalb gab es wohl auch keinen Beobachter im Haus, als Wilhelm Trautmann die dunkle Treppe hinunter fiel und sich das Genick brach. Wer wollte schon mit so einem Kerl leben? Dafür war die Beerdigung gut besucht! Kurt war in seine morgendliche Putzorgie vertieft und leckte sich hingebungsvoll das schwarze Fell. Energisch rupfte er sich einige Haarbüschel aus, bevor er sich in seine Lieblinsstellung hockte und die Pfoten unter der Brust verschränkte - „Müffchen" machte, wie seine Menschen es nannten. Endlich war wieder Ruhe in seinem Revier. Seitdem ihn der Stock von Wilhelm Trautmann einmal erwischt hatte, war er immer nur sehr vorsichtig durch dessen

Garten getigert. Doch das war nicht das einzige Ungemach. Erst letzte Woche fand er die junge Kuhkatze der frisch hinzugezogenen Nachbarn tot im Garten liegen, alle Viere von sich gestreckt und Schaum vor dem Mund. Er hatte die Kleine zwar nicht leiden können, aber das war nun wirklich kein schöner Anblick. Am Tag zuvor hatte er beobachtet, wie der alte Trautmann in seinem Garten kleine, recht gut riechende Würfel verteilt hatte. Eigentlich untypisch, dass er außer seinen geliebten Singvögeln irgend etwas fütterte. Merkwürdig! Da Kurt gerade eine große Portion Lamm mit Frühlingsgemüse (mmmh, lecker!) intus hatte, konnte ihn das aber nicht reizen. Außerdem lag er auf der Lauer, um diese wirklich schmackhaften jungen Rotschwänzchen zu fangen. Komisch, dass sich die Menschen darüber aufregten, wenn er sich mal eine Geflügeleinlage gönnte, sie selbst aber ein halbes Hähnchen durchaus zu schätzen wussten. Er selbst machte sich ja nicht so viel aus Hühnchen. Wie auch immer, man konnte am Maul der Nachbarskatze noch gut den anregenden Duft der kleinen Würfel riechen. Also Gift? Das wäre dem alten Ekel zuzutrauen. Erst letzte Woche hatte er sich lauthals über Hunde, Katzen, Ratten, Kaninchen und was sonst noch so kreucht und fleucht beschwert. Kurt hatte dem erst einmal keinen Wert beigemessen, da der Alte ja immer was zu meckern hatte. Aber die Leiche ließ das Ganze in anderem Licht erscheinen. So nicht! Den Stock hätte er ja noch hingenommen, nicht aber das. Immerhin war es sein Revier. Und so war er kurz entschlossen durch das immer offene Klofenster geklettert und hatte sich auf die Lauer gelegt. Er wusste schon, dass Trautmann auch nicht mehr so gut sehen konnte ("grauer Star"). Auf den nussbaumbraunen Holzdielen war Kurt mit seinem schwarzen Fell in dem dunklen Bauernhaus kaum zu entdecken. Er brauchte nur noch abzuwarten, bis Trautmann sich der Treppe näherte. Der Rest war ein Kinderspiel..

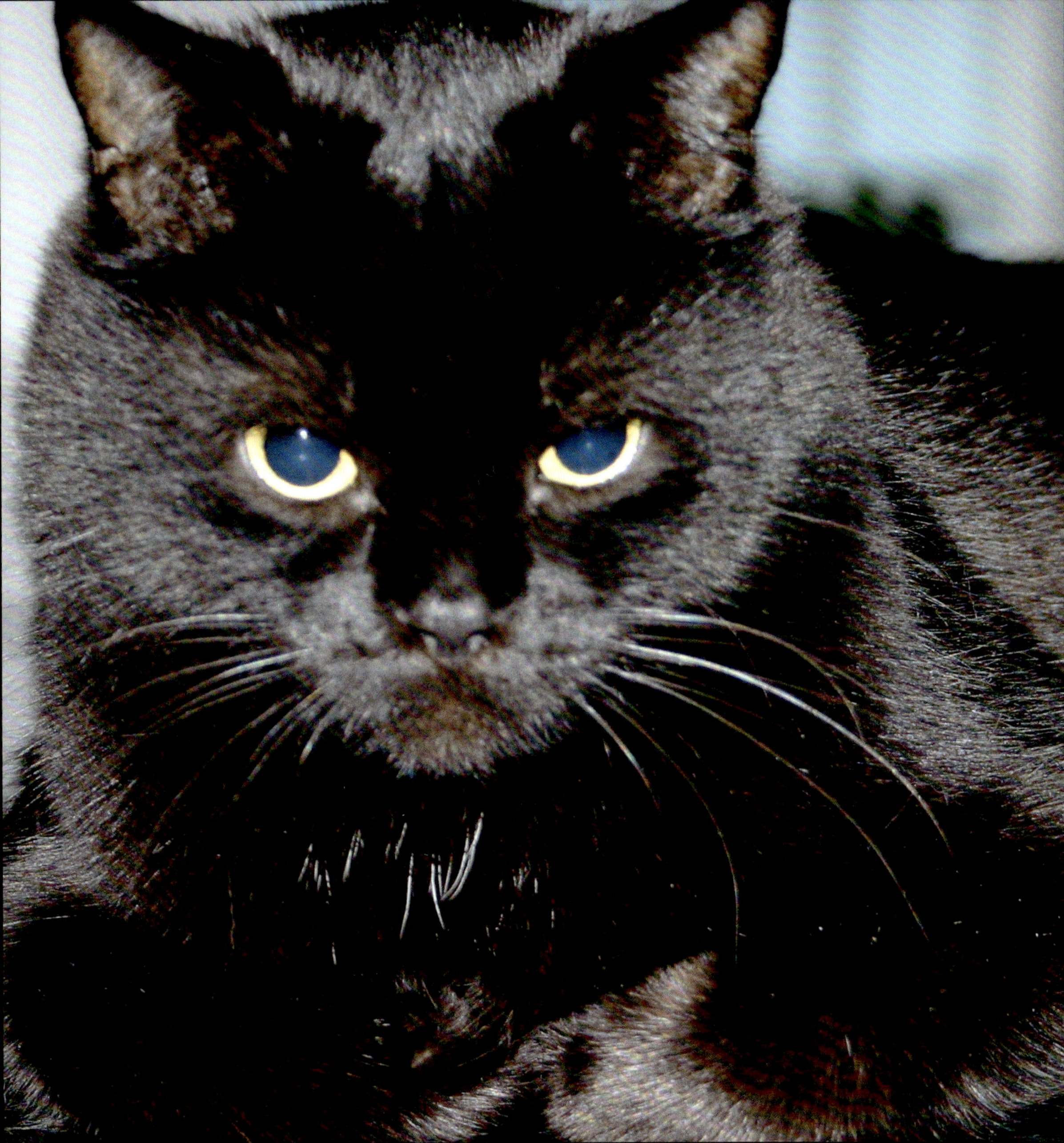

Es grünt

„Bärlauch waschen, trocknen und klein schneiden. Dann die Pinienkerne, ohne Zugabe von Öl, leicht anrösten und den Parmesan frisch reiben. Geschnittenen Bärlauch mit Pinienkernen und Parmesan mischen. Mit dem Mixstab bei niedrigster Geschwindigkeit Bärlauchgemisch und Olivenöl vermengen. Fertiges Pesto mit Pfeffer und Meersalz abschmecken." - Das hörte sich doch gar nicht so schwierig an. Ulrich druckte das Rezept aus und schloss das Internetfenster. Wo der Bärlauch wuchs, wusste er bereits: Direkt am Waldrand bei Kerpen gab es eine große Fläche. Eigentlich gar nicht zu verfehlen. Er hatte lange überlegt, wie er Mutti

so grün

und Gerald mit einem selbst gekochten Essen überraschen könnte: Nudeln mit Gehacktessoße und Pesto für den Vegetarier Gerald standen auf dem Programm. Zum ersten Mal wollten sie ihn besuchen, nachdem er im September des letzten Jahres seine erste eigene Wohnung bezogen hatte. Nicht ganz freiwillig, ehrlich gesagt, denn zuhause bei Mutti war es doch eigentlich sehr bequem gewesen. Er hatte eine eigene Einliegerwohnung mit separatem Eingang, Mutti kümmerte sich um die Wäsche und putzte einmal die Woche. Und jeden Abend gab es frisches Essen. Doch vor einiger Zeit hatte Mutti den netten Wanderführer Gerald aus

Gerolstein bei einer Wanderung rund um die Munterlay kennen gelernt. Ulrich hatte sie noch ermutigt, mitzuwandern, denn seine Fußballkumpel hatten sich angesagt. Sie wollten gemeinsam die Bundesligakonferenz im Radio hören – natürlich mit dem nötigen Bierkonsum, was Mutti gar nicht gerne sah. Bei der einen Begegnung mit dem netten Wanderführer Gerald war es leider nicht geblieben. Seit rund zwei Jahren wanderte Mutti nun jedes Wochenende – und mal abgesehen davon, dass dann die Küche kalt blieb – der nette Wanderführer Gerald hatte sich inzwischen als festes Familienmitglied etabliert. Wo Mutti auch hinging, Gerald musste mit. Dementsprechend gab es ein Essen für Drei. Da hatte sich Ulrich etwas ganz besonderes ausgedacht, um Gerald eine Freude zu machen. Denn Gerald aß leidenschaftlich gerne Pasta mit Pesto. Eigentlich war Gerald der Auslöser für Ulrichs Entschluss gewesen, endlich auszuziehen. Denn seit er das Leben seiner Mutter begleitete, mäkelte diese nur noch herum: An Ulrichs Arbeitshaltung, seinen Kumpeln, seiner Faulheit, seinen Klamotten – einfach an allem. Wollte plötzlich nicht mehr abends für ihn mitkochen. Und meinte, er solle sich doch jetzt wohl mal selbst eine Waschmaschine anschaffen. Sie wäre schließlich nicht seine Putzfrau. Jahrelang hatte sie das nicht gestört, hatte ihn gehätschelt und gepäppelt – so sehr, dass es ihm manchmal schon auf die Nerven ging. Von einem Extrem ins andere – jetzt konnte er ihr gar nichts

Echtes Bärlauchblatt

Doppelgänger Herbstzeitlosenblatt

mehr recht machen. Also war er ausgezogen, ganz schnell, hatte sich auch gar nicht lange umgeschaut. Es war sowieso nur provisorisch, denn er hatte völlig andere Pläne. Und da gehörte das Bärlauch-Pesto dazu. Lange hatte er diesen Tag geplant. Eigentlich schon, seit er erfahren hatte, wie giftig Herbstzeitlose waren. Da hatte sich die Krimiwanderung zu Muttis Geburtstag doch gelohnt! Die Fundstelle hatte er sich gut gemerkt, die krokusartigen Blüten ließen sich ja kaum übersehen. Natürlich waren die Blätter viel interessanter. Und so war er einige Tage später losgezogen, um mehrere Pflanzen auszugraben und sie bei sich zu Hause in einen Blumenkasten zu setzen. Er hatte sie regelmäßig gegossen und sogar ein wenig gedüngt. Nun war der richtige Zeitpunkt, sie wieder auszupflanzen – mitten ins Bärlauchfeld am Waldrand. Denn sein Bärlauchpesto würde von ganz besonderer Art sein! Und für die anschließenden Untersuchungen wäre es doch ganz gut, wenn zufällig zwischen all dem leckeren und gesunden Bärlauch auch ein paar hochgiftige Herbstzeitlose stünden, deren Blätter leider so ganz ähnlich wie Bärlauchblätter aussehen. Wie hätte Ulrich als leidenschaftlicher Nicht-Gärtner den Unterschied erkennen sollen? Und so würden Leber und Nieren von Gerald ihre Dienste versagen, die Lunge sich mit Wasser füllen und das Herz aussetzen. Tragisch! Ulrich würde Mutti natürlich trösten. Vielleicht sogar für eine „Übergangszeit" wieder in die Einliegerwohnung einziehen. Nur, damit sie nicht so allein ist…

Die Mauer

Oh, wie das zog! Sven stöhnte leise. Er konnte sich kaum noch bewegen. Dabei war er eigentlich ganz gut durchtrainiert. Aber das jetzt, das war wirklich zu viel. Mühsam hob er die Arme und versuchte, den Pullover über den Kopf zu ziehen. Unmöglich! Er ächzte und ließ den Pullover sinken. Vielleicht lieber etwas mit Reißverschluss. Der Muskelkater war unglaublich. Gestern war es noch ganz gut gegangen, aber heute morgen kam er kaum aus dem Bett. Jeder Knochen, jeder Muskel im Leib schrie bei der leisesten Bewegung vor Schmerzen auf. Das war aber auch eine Arbeit gewesen! Er hätte nie gedacht, dass es so lange dauern würde, die Extremitäten vom Körper zu trennen. Vor allem der Kopf! Vielleicht hätte er vorher die Axt schärfen sollen, aber wer rechnete denn mit sowas! Und die ganze Schlepperei. Katharina brachte locker 120 Kilo auf die Waage. Ihm hatte sie immer verschämt etwas von 82 Kilo erzählt, und die stemmte er inzwischen mit einer gewissen Routine. Doch das waren keine 82 Kilo gewesen. Niemals! Er legte sich wieder ins Bett. Wenn er gewusst hätte, was das für eine Arbeit machte, hätte er vielleicht doch in die Scheidung eingewilligt. Natürlich hätte er es gehasst, ihr die Hälfte seines Gehalts abzutreten, nur damit sie sich einen sonnigen Lenz machte und ihre Selbstverwirklichung vorantreiben konnte, irgendwas mit Edelstein-Therapie oder so. Oder er hätte es wie Willi machen können. Kündigen und ab nach Hartz 4. Aber wollte er wirklich lieber in Armut verrecken? Und irgendwie mochte er ja auch seinen Job. Also hatte er sich für das Naheliegende entschieden: Katharina musste weg! Er hatte sie in den Keller gelockt und sie kurzerhand mit dem Hammer erledigt.

Es geht doch nichts über gutes Werkzeug! Anschließend wollte er sie im Garten verbuddeln. Das hatte allerdings nicht so gut geklappt. Er probierte es an drei Stellen, aber der trockene steinige Boden brachte ihn an seine Grenzen. Nach zweieinhalb Stunden hatte er resigniert. Blöderweise gab es keinen Plan B. Jetzt musste er improvisieren. So entschied er sich für das Gemetzel, um die Leichenteile anschließend im Fundament einer völlig unsinnigen Kellerwand einzumauern. Natürlich musste er dazu auch noch los, um Mörtel und Steine zu besorgen. Dabei lagen die Leichenteile im Keller und die Fliegen schwirrten nur so um sie rum. Der ganze Akt hatte fast 19 Stunden gedauert, die er ununterbrochen malochte. Und zudem hatte er nun eine völlig alberne Mauer mitten im Keller stehen. Aber er war so kaputt gewesen, dass ihn das überhaupt nicht mehr interessierte. Jetzt müsste er eigentlich noch aufräumen, das Blut wegwischen, Werkzeug säubern und sich überhaupt mal grundsätzlich überlegen, was er jetzt mit dieser Mauer machen sollte, zumal das Haus nur gemietet war und er eigentlich keine Lust dazu hatte, in diesem Kaff seinen Lebensabend zu verbringen. Aber er kam einfach nicht aus dem Bett raus. Erst mal schlafen – für alles andere war später noch Zeit.

So schlief er mehrere Stunden, überhörte das Telefon und das Türklingeln und wurde erst wach, als eine Stimme durch den Hausflur flötete: „Jemand zuhause? Wir müssen nur mal schnell in den Keller an die Wasserleitung. Irgendwo ist ein Rohrbruch in der Straße." – Seine Vermieterin, die leider für Notfälle immer noch einen Schlüssel hatte. „Scheiße!" Sven schloss die Augen und ergab sich in sein Schicksal. Hauptsache, er musste nicht aufstehen!

Schlechte Gewohnheiten

„Wissen Sie, eigentlich geht es mir ja gar nicht so schlecht. Aber manchmal muss ich einfach mit Jemandem reden. So viele Gedanken gehen mir durch den Kopf, und die kann ich dann einfach nicht für mich behalten. Das hat früher schon meinen Mann immer aufgeregt, vor allem morgens beim Frühstück. Der wollte nur in Ruhe seine Zeitung lesen. Aber mir ist da nachts so viel durch den Kopf gegangen, dass ich das unbedingt loswerden musste. Manchmal wurde er fuchsteufelswild – einmal hat er sogar eine volle Kaffeetasse nach mir geworfen. Dafür habe ich ihm die Tageszeitung beim Lesen angezündet. Ich wusste ja nicht, wie schnell sich so ein Feuer ausbreitet. Er hatte so einen fiesen Polyestertrainingsanzug an – noch aus den Sechzigern. Der stand sofort lichterloh in Flammen. Und der ganze Rauch… Ich konnte gerade noch raus aus dem Zimmer. Das Haus ist komplett abgebrannt. Ich bin dann zu unserer Tochter in die Eifel gezogen. Der Feuerwehr habe ich erzählt, dass er mit der Zeitung in die Osterkerze gekommen ist und alles ganz schnell ging. Sie haben mir geglaubt und die Versicherung hat auch ziemlich schnell bezahlt. Ich wusste gar nicht, dass er diese Lebensversicherung hatte. Wahrscheinlich hat er mir nie so recht getraut. Er hat mir auch nicht geglaubt, dass die Nachbarin die Treppe runter gefallen ist, während ich die Treppe putzte. Klar, ich konnte diese neugierige Ziege überhaupt nicht leiden, weil sie immer an der Tür gehorcht hat. Aber ich habe sie wirklich nicht geschubst. Nur den Schrubber im richtigen Moment angehoben, so ganz zufällig ... Bei meiner Tochter gefällt es mir jetzt gut. Sie wohnen in Leudersdorf, in einem alten Bauernhof. Ich habe ein eigenes Zimmer, das war früher der Kuhstall. Irgendwie ist das ja schon komisch, im Stall zu wohnen. Meine Tochter meinte, ich solle mir keine Gedanken darüber machen. Wir essen immer gemeinsam und unternehmen auch viel zusammen. Mein Schwiegersohn ist nicht so angetan. Ich habe gehört, dass er mich auch schon mal „die Kuh" genannt hat. Er streitet öfter mit meiner Tochter und wird auch laut. Ich habe Sorge, dass er gewalttätig wird. Aber da habe ich mir auch schon etwas überlegt. Oder meinen Sie, ich soll mich da raus halten? --- Ja, Sie sind auch sprachlos. Das kann man doch nicht so hinnehmen, dass das eigene Kind geschlagen wird. Ich kenne da ein ganz besonderes Kochrezept. Das hat meiner Großmutter schon gute Dienste geleistet. Ich bin sicher, dass wir bald unsere Ruhe haben werden. Und dann kann ich mit meiner Tochter zusammen endlich die lang geplante Kreuzfahrt machen. Ach, wissen Sie, das Gespräch mit Ihnen hat mir richtig gut getan. Sie können so gut zuhören und sind so verständnisvoll. Aber jetzt muss ich los. An der Tür klingelt es. Tschüss!" –

Robert stand verdrossen an der Kaffeemaschine und wartete darauf, dass endlich der Kaffee durchgelaufen war. Das dauerte ja wieder ewig. Dieser Job hier war einfach das letzte. Telefonseelsorge! Er war ja aus seiner Call Center-Tätigkeit einiges gewohnt. Aber das hier übertraf alles. Diese ganzen hysterischen Weiber, die einem die Ohren vollseiern. Und er hatte gedacht, er könne hier Leben retten, was Gutes tun. Aber das hier war echt nicht sein Ding. Eben hatte er nach dem zweiten Satz den Hörer weggelegt, und wollte sich erst einmal eine Tasse Kaffee holen, bevor er sich die Lebensgeschichte inklusive zweitem Weltkrieg von der Alten anhörte. Die war bestimmt noch eine Stunde in der Leitung. Ohne Coffein war das nicht auszuhalten. Heute war definitiv sein letzter Tag hier.

Und so ging es weiter...

Die kleinen Schaumkronen auf den Wellen glitzerten im Sonnenlicht. Es war, obwohl noch früh am morgen, in der Sonne schon angenehm warm. Die ältere, schlanke und grauhaarige Dame stand an der Reling der „Deep Water" und starrte versonnen aufs Meer. Sie war allein hier oben. Nur ein fleißiger Leichtmatrose putzte mit einem großen Mopp und viel Wasser das Deck. Das hatte sie sich lange gewünscht, diese Kreuzfahrt mit ihrer Tochter. Es hatte gedauert, bis sich Gisela dazu hatte überreden lassen. Zu frisch war der Verlust des geliebten Ehemanns, der nach dem Verzehr eines gemischten Salats plötzlich und unerwartet dahingeschieden war. Mit dieser tiefen Trauer hatte sie gar nicht gerechnet. Ihr persönlich war der Schwiegersohn immer unsympathisch gewesen, ein Rüpel und potentieller Schläger, um den es nun wirklich nicht schade war. Wenn es nach ihm gegangen wäre, säße sie wahrscheinlich inzwischen in einem weit abgelegenen Altersheim und könnte sich mit senilen Greisen über deren Verdauung unterhalten – schreiend natürlich, denn die waren ja alle schwerhörig. So war es tausendmal besser. Und das würde auch ihre Tochter noch erkennen. Natürlich würde sie ihr nie sagen können, dass diese würzige Salatmischung aus Eisenhut und anderen Wildkräutern das Rezept der Großmutter war, die sich damit in Kriegszeiten mal sehr effizient einigen russischen Soldaten entziehen konnte. Es ist immer gut, so etwas in der Hinterhand zu haben. Allerdings hatte sie den Eindruck, dass ihre Tochter Gisela schon etwas misstrauisch war. Die Todesfälle in ihrer Umgebung traten – nun ja! - vielleicht etwas zu gehäuft auf. „Mama, du hast schlechtes Karma. Erst die Frau Walterscheid, dann Papa und jetzt mein Gottlieb – man meint, der Tod verfolgt dich." Das war gefährlich. Gottlieb! Was für ein Name. Diesen Typen konnte wirklich niemand lieben – Gott schon gar nicht. Frau Walterscheid, die grässliche Nachbarin, nun, die hatte es verdient. Und ihr Walter war auch nur

Tolle Aussichten

noch lästig gewesen. Gestern hatte Gisela sie mit großen Augen angesehen, als sie sich mit ihrer Tischnachbarin sehr kompetent über Wild- und Heilkräuter und deren Nebenwirkungen unterhalten hatte. Sie musste vorsichtiger sein! Es wäre ihr sehr unangenehm, wenn sich ihre Tochter gegen sie stellen würde. Wirklich sehr unangenehm! Obwohl so ein Kreuzfahrschiff ja durchaus gewisse Möglichkeiten bot. Sie beugte sich über die Reling – ja, da ging es tief nach unten und direkt ins Wasser. Mühsam richtete sie sich auf, trat einen Schritt zurück, und stolperte über das gerade aufgestellte Schild „Vorsicht, frisch gewischt. Rutschgefahr!" Bemüht, das Gleichgewicht wieder zu erlangen, griff sie nach der Reling, zog zu stark und spürte, wie sie das Gleichgewicht verlor, stürzte, fiel und in den gerade noch bewunderten Wellen versank. Über ihr wirkte der Schiffsrumpf riesig - viele Stockwerke steil nach oben. Das Schiff rauschte vorbei, die Wellen brachen sich an ihrem Kopf und sie hatte Mühe, Luft zu bekommen. An Schreien war nicht zu denken. Als sie den Mund öffnete, schluckte sie Salzwasser, musste husten und konnte sich nur mühsam an der Wasseroberfläche halten. Die Kleidung zog sie nach unten, und die Wassertemperatur war niedrig. Erschöpfung machte sich breit, ihre Schwimmbewegungen wurden immer langsamer. Die „Deep Water" verschwand in Richtung Horizont. Sie legte sich erschöpft zurück und ließ sich treiben. Weit und breit kein Land in Sicht. Sie schloss die Augen. Vielleicht würde sie jetzt Walter wiedersehen. Tolle Aussichten!

Und so hätte jemand, der von einer höheren Warte aus das Geschehene betrachtet, feststellen können, dass es doch in der Welt Gerechtigkeit gibt, dass sich Verbrechen nicht lohnen, und dass alles schlechte auf einen selbst zurückkommt. Doch leider schaute gerade keiner hin... sie wurde übrigens nie gefunden und kaum vermisst.

Familientradition

Pfeifend zog er die Farbrolle von oben nach unten. Grüne Farbe verteilte sich auf der Wand und überdeckte den Ruß des Kohleofens. Da hatte man doch direkt ein Erfolgserlebnis. Die Fenster standen offen, und auch wenn es draußen noch recht frisch war, erwärmten die Sonnenstrahlen das Wohnzimmer des alten Bauernhauses. Fast die Hälfte des Raums war schon fertig gestrichen, und alles wirkte viel fröhlicher. Eigentlich hatte ja Elisabeth selbst die Renovierung vornehmen wollen. Das Bauernhaus war ihr Elternhaus und sie weigerte sich partout, wo anders hinzuziehen. Dafür nahm sie sogar die elende Pendelei nach Bonn auf sich. Er war vor drei Jahren hier eingezogen. Inzwischen war ihre Beziehung nicht mehr ganz unbelastet – er hatte den Eindruck, dass er ihr manchmal ziemlich die Nerven schmirgelte, und ihn stieß ihre oft kalte und herrische Art ab. Doch hoffte er immer noch, dass sie sich zusammen raufen würden. Der Anstrich hier war sein Friedensangebot. Sie sollte sehen, dass er sich nicht scheute, anzupacken.

Doch was war das? Beim Streichen bemerkte er, dass der Putz nicht mehr ganz fest saß. Er klopfte vorsichtig die Wand ab. Ja, definitiv lose. Der musste runter und komplett erneuert werden. Na, das konnte ja heiter werden. Aber bei einem alten Haus musste man auf so etwas immer gefasst sein. Er holte sich einen Spachtel und hob die oberste Putzschicht ab. Darunter kam Holz zum Vorschein. Kein Wunder, dass da nichts hielt. Wer machte denn so was? Nach und nach kam eine alte Tür zum Vorschein – ein Wandschrank. Bei den dicken Wänden hatte man damals Schränke direkt in die Wand eingelassen. Wer verputzte denn einen Takenschrank? Das war doch eine echte Antiquität! Na, da würde sich Elisabeth freuen, wenn er den freilegte und restaurierte. Mit Holzarbeiten kannte er sich aus. Langsam aber sicher konnte man die Abmessungen erkennen. Das war ja ein ganz schönes Trumm mit einer Doppeltür. Da hatte er noch einiges zu tun. Vielleicht war hier ja ein Schatz versteckt? Obwohl, den hätte man vor dem Verputzen bestimmt raus geholt. Elisabeth würde so staunen, wenn sie das sah. Sie war in Bonn zum Shoppen und wollte erst später zurück sein. Eigentlich hatte er gehofft, bis dahin das Wohnzimmer komplett gestrichen zu haben. Das konnte er wohl abhaken. Aber der Schrank war bestimmt auch eine tolle Überraschung. Er war nur mit einem Holzriegel versehen, der sich relativ leicht öffnen ließ. Gespannt hielt Lothar den Atem an, bevor er die Tür öffnete. Und zuerst einmal einen Hustenanfall bekam. Röchelnd holte er Luft. Bah, was für ein Muff. Das roch ja, als wäre hier drin einer gestorben. Das biss richtig in den Augen. Er suchte nach einem Taschentuch und rieb sich das Gesicht. Verschwommen sah er in den Schrank – und erblickte einen Totenschädel! Er keuchte und riss die Augen auf. Doch davon wurde der Schreck nicht weniger. Denn genau genommen saßen sogar zwei Leichen – oder vielmehr das, was von ihnen übrig war – in diesem Schrank. Bei der einen waren es nur noch Überreste, doch die andere sah eher aus wie eine ...Mumie. Wo kamen die bloß her? Wie eklig! Er würgte heftig und begann gleich wieder zu husten. Was würde wohl Elisabeth dazu sagen? In diesem Moment stülpte sich eine Einkaufstüte über seinen Kopf – Atemnot gepaart mit Hustenanfall – ihm wurde schwarz vor Augen...

Mit kreisenden Strichen zog Elisabeth den Putz glatt, nicht ganz plan, sondern mit leichten Wellen und Dellen. So, die Wand war wieder perfekt. Vom Wandschrank war nichts mehr zu sehen. Und auch nicht von Lothar. Er hatte nie gewusst, wo seine Grenzen waren. Sie hatte echt schon überlegt, ihn vor die Tür zu setzen. Einfach ihr Haus zu streichen – unverschämt. Eigentlich hatte sie ihn nicht für den Wandschrank eingeplant, aber nachdem sie die beiden Anderen etwas zurecht gestaucht hatte, war ja wieder ein Platz frei. Wer die alte, ganz vermoderte Leiche war, hatten sie nie herausgefunden. Doch als Oma den Schrank beim Renovieren entdeckt hatte, erkannte sie gleich, dass das eine wunderbare Art war, sich ihres versoffenen und prügelnden Mannes zu entledigen. Und sie, die kleine Elisabeth, hatte beim Verputzen geholfen. So konnte man sagen, dass in diesem Hause eine gewisse Tradition herrschte. Kein Wunder, dass sie nicht weg wollte. Hatte nicht jede Familie eine Leiche im Keller? Bei ihr war es halt der Wandschrank...

- 35 -

Frühkartoffeln

„Papa hat gestern Onkel Gerd im Garten verbuddelt" – der dreijährige sprachbegabte Tobias saß auf seinem Stühlchen am Esstisch und stocherte mit seinem Löffel im Spinatbrei. Der so dahin geworfene Satz sorgte für eine gewisse Irritation. Ich merkte, dass ich rote Ohren bekam. Teufel aber auch, eigentlich sollte der Kleine brav im Sandkasten spielen, während ich den Rasen bei Oma Luise mähte. Dabei war mir Schwager Gerd in die Quere gekommen. Ich schuldete ihm noch 3000 Euro für einen gebrauchten Opel. Jetzt - nach zwei Jahren - wollte er endlich Nägel mit Köpfen machen und das Geld bei mir eintreiben. Es war eigentlich ein Unfall gewesen. Als er mich unterlaufen wollte, stolperte er über den Rasenmäher und schlug sich den Schädel an der Beetumrandung ein. Naja, ehrlich gesagt hatte ich ihm vorsichtshalber noch mal mit dem Spaten eins übergezogen, aber das zählte doch nicht wirklich, oder? Der kleine Satansbraten hatte mich anscheinend dabei beobachtet, wie ich Gerd dann im Kartoffelbeet zur letzten Ruhe bettete. „Was hat Papa gestern mit Onkel Gerd gemacht?" fragte meine holde Angetraute leicht gelangweilt. Sie schenkte den Geschichten üblicherweise kaum Glauben, denn Tobias war berüchtigt für seine blühende Fantasie und gab den ganzen Tag mehr oder weniger kryptische Sätze von sich. „Verbuddelt" brabbelte Tobias mehr als er sprach und zog mit gerunzelter Stirn eine weitere Furche in den grünen Brei. Ich verschüttete schnell ein Glas Wasser, um die Aufmerksamkeit auf mich zu ziehen. Das erreichte den erwünschten Effekt, denn die Flüssigkeit ergoss sich über unsere Elfjährige, die kreischend vom Tisch aufsprang. „Iiiih", brüllte sie und schüttelte ihre Bluse aus. „Jetzt hab dich mal nicht so, war doch nur Wasser" goss ich noch ein wenig Öl ins Feuer. „Komm, hier hast du ein Handtuch" tröstete Emma ihre Tochter und tupfte an ihr herum. „Das gibt´s doch nicht, ich will doch gleich auf den Geburtstag. Wie ich jetzt aussehe!" – „Nerv nicht, Lisa!" schoss ich zurück. „Wieso überhaupt Geburtstag? Du hast morgen Schule. Das kommt überhaupt nicht in Frage!" Emma funkelte mich an: „Das geht dich gar nichts an. Ich habe es ihr erlaubt!" Prima, jetzt konnte sich garantiert keiner mehr an Tobias Ausspruch erinnern. Ich hielt die Vorstellung noch ein wenig am Kochen, indem ich auf den Tisch haute und erst mal ordentlich losbrüllte! Doch Tobias vertrug es anscheinend nicht, wenn er nicht im Mittelpunkt stand. „Watte im BH!" brüllte er plötzlich los. Lisa, Emma und ich schauten ihn leicht erschöpft an: „Was?" – „Lisa hat Watte im BH!" Lisa bekam einen knallroten Kopf und zog einen Flunsch. „Das ist überhaupt nicht wahr!" Doch hier verstand Emma nun gar keinen Spaß: „Hast du dir etwa den BH ausgepolstert? Wen triffst du heute Abend? Das kommt überhaupt nicht in Frage! Du bist erst 11!" In dem Sperrfeuer von Fragen und Verboten flüchtete Lisa aus dem Zimmer und lief die Treppe herauf, brüllend „Das ist überhaupt nicht wahr! Ihr seid so gemein! Tobias, ich hasse dich!!!" Oben knallte eine Tür. Emma war noch ganz fassungslos: „Fängt das jetzt schon an? Da kommt ja noch einiges auf uns zu!" Sie strich sich die Haare aus der Stirn. „Und ich hatte mich auf einen ruhigen Abend gefreut!" Diesen Moment nutzte Tobias, um mit seinem Löffel voll in den Spinat zu patschen. Bääh! Wir schauten beide an uns herab. Überall kleine Spinatkleckse. Emma seufzte „Ich mache drei Kreuze, wenn der erst mal in die Schule kommt!" und nahm Tobias den Löffel ab: „Mit Essen spielt man nicht!" Der quittierte das mit Geschrei, das dann aber unvermittelt – wie man es ja häufiger bei Kleinkinder erleben kann – in ein Lächeln überging. „Kommt morgen der Eismann wieder?" Emma errötete. Ich sagte: „Nein, der Eismann war doch erst Freitag da. Der kommt nur alle vier Wochen!" Doch Tobias war anderer Meinung. „Der war heute da und gestern auch. Der hat mir heute ein Eis versprochen!" Aha! Der Junge hatte wirklich eine blühende Fantasie. „Wann hat er dir denn das Eis versprochen?" fragte ich, um auf sein Spiel einzugehen. „Heute morgen im Schlafzimmer!" Emma stand ruckartig von ihrem Stuhl auf. „Das Kind gehört ins Bett!" Sie nahm Tobias aus seinem Stuhl und schleppte den um sich schlagenden Jungen nach oben, wobei sie beruhigend auf ihn einsprach. Ich räumte gedankenverloren den Teller weg und wischte die Spinatkleckse auf. Emma kam zurück, das Gesicht immer noch gerötet und vermied Blickkontakt. Schnell schnappte sie sich einen Lappen und wischte die Stellen ab, die ich gerade schon gesäubert hatte. „Vielleicht sollten wir mal eine Weile auf Tiefkühlkost verzichten. Nur damit der Junge nicht auf so dumme Gedanken kommt," sinnierte ich laut. „Ich weiß gar nicht, was du meinst," meinte sie spitz. „Tobias hat eine lebhafte Fantasie und regt sich immer so schnell auf." – „Es könnte besser sein, ihn ein paar Tage nicht in den Kinderhort zu bringen. Du weißt ja, wie schnell die Leute auf dumme Gedanken kommen, wenn Kinder solche Sachen sagen." Sie warf mit von der Seite einen Blick zu, meinte dann aber zögerlich: „Ja, ich glaube, du hast recht. Ich lasse ihn ein paar Tage hier! Ich weiß noch, wie die Leute geredet haben, als der kleine Moritz erzählt hat, sein Vater hätte die Mutter geschlagen. Und da war ja nun gar nichts dran!" Bei aller Einigkeit vermieden wir es, uns in die Augen zu sehen. „Ich gehe noch eine Runde in die Kneipe", meinte ich und verließ die Küche. Als ich an der Tür war, hielt mich ihre zögernde Stimme auf: „Sag mal, wann hast du eigentlich das letzte Mal Gerd gesehen?"

Die gute Tat

„Mist, verdammter", fluchte sie aus vollem Herzen. Wo war es bloß hingekommen? Sie hatte es doch gerade noch in der Hand gehabt. Egal, jetzt musste sie sich erst mal um Otto kümmern. Mit Papierhandtüchern wischte sie hektisch durch die rote Pfütze, die sich neben der Folie ausbreitete. Nein, so ging das nicht. Zuerst mal musste Otto in den Keller. Sie schlug die Folie um den Oberkörper. Er war viel schwerer als die Bein- und Armteile, die sie schon nach unten geschleppt hatte. Sie hatte Otto immer gesagt, dass er zu dick sei. Doch Sport war für Otto ebenso Fremdwort wie Arbeit, Haushalt oder auch Sex. Schade, ein paar Kilo weniger auf den Rippen und das hier wäre jetzt deutlich leichter. Obwohl, vielleicht hätte es dann auch ein anderes Ende gegeben. Dieses Ende war ziemlich endgültig. Otto war tot. Töter ging nicht! Nachdem sie ihm die Bierflasche über den Schädel gezogen und ihn anschließend vorsichtshalber noch mit einem Kissen erstickt hatte, wurde er nun sorgfältig mit dem praktischen Hackebeil aus Edelstahl in handliche Stücke zerlegt. Doch mit dem Brustkorb kam sie nicht weiter. Vielleicht doch die Kreissäge? Nun, sie würde Rest-Otto nun erst einmal nach unten bringen. Wo bloß das Hackebeil hingekommen war... Alzheimer lässt grüßen. Hatte sie das Messer nicht extra direkt neben den Herd gelegt? Boah, wie die Küche aussah. Hier gab es noch einiges zu tun. Dass ein Mensch soviel Blut haben konnte – und von dem Rest ganz zu schweigen. Wie eklig! Im Fernsehen beim „Tatortreiniger" sah das meist gar nicht so schlimm aus. Ursprünglich hatte sie die Zerlegearbeit ja im Keller vornehmen wollen, doch der war im Gegensatz zur Küche nicht gefließt. Außerdem hatte sie keine Lust gehabt, sich mit den 300 Pfund Totgewicht auf der Kellertreppe rum zu quälen. Sie zog die Folie mit Ottos Überresten langsam durch die Küche und hinterließ dabei eine ziemliche Schleifspur. Der Typ machte nichts als Ärger, selbst jetzt noch. Aber das war auch sein Zweitname: Ärger. Die letzten zwei Jahre hatte sich Otto praktisch nur noch von der Couch erhoben, um sich seine Flasche Bier zu holen, denn sie hatte sich geweigert, ihn zu bedienen. Dafür revanchierte er sich mit Unfreundlichkeit, voluminösen Körpergeräuschen und einem exorbitanten Duftaroma, das jeden Tigerkäfig in den Schatten stellte. Vor drei Wochen war sie es leid gewesen und sie hatte begonnen, sich Gedanken über Ottos biologische Abbaubarkeit zu machen. Gar nicht so einfach! Biotonne ging ja leider nicht. Auch den Garten schloss sie kategorisch aus. Von der Art Dünger würden ihre Blühpflanzen und Stauden nur degenerieren – obwohl, Vogelkot...? Trotzdem, sie

wollte nicht riskieren, beim Umgraben plötzlich auf irgendwelche Überreste zu stoßen. Auch Verbrennen würde nicht funktionieren, dafür war er zu fett. Ab in den nächsten See? Zu riskant. Doch dann hatte sie die zündende Idee. Wo war bloß dieses verdammte Hackebeil hingekommen? Der Torso war schwer und sie zog die Folie Stufe für die Stufe die Treppe hinunter. Flupp, flupp, flupp... Und natürlich tropfte es wieder. Gut, dass sie eine große Dose mit Oxalsäure gekauft hatte. Sie schätzte, dass sie noch einige Stunden mit Putzen verbringen musste. Aber sie konnte sich auch Zeit lassen, hier kam ja nie einer. Die nächsten Nachbarn wohnten ziemlich weit weg und sie hielt sich auch sonst fern vom Dorfleben. Nur die Teilnahme am Basar der Landfrauen ließ sie sich nicht nehmen. Und das war auch gut so, denn der hatte bei ihrem Entsorgungsplan eine wichtige Funktion. Oh Mann, dieser Blutgeruch machte einen völlig fertig. Im Tod stank Otto noch mehr als im Leben. Das war an sich schon eine stramme Leistung. Sie hatte oben bereits die Küchentür zum Garten offen stehen gelassen, um zu lüften. Endlich war sie unten angelangt. Hier lagen auch die restlichen Teilstücke von Otto und natürlich der Kopf. Was sie mit dem anstellen sollte, war ihr noch nicht so ganz klar. Bei dem Rest schon, denn hier unten stand der alte Industriefleischwolf. Das war noch echte Wertarbeit! In guten Zeiten war Otto mal Metzger gewesen mit eigener Schlachterei. Damals, als sie geheiratet hatten, da gab es noch große Pläne. Das eigene Geschäft, mindestens zwei Filialen, vielleicht sogar mal ein Imbiss oder ein kleines eigenes Restaurant. Hatte sich toll angehört, doch nach der Hochzeit interessierte er sich nur noch für ihre Erbschaft und die geile Cousine Helga, mit der er es noch in der Hochzeitsnacht just in diesem Keller getrieben hatte. 24 Jahre ihres Lebens hatte sie ihm geschenkt und natürlich rund 165 Tausend Euro. Verschwendet! Der Gedanke an die anstehende Silberhochzeit hatte das Fass zum Überlaufen gebracht. Was sie an des Lebens Würze verpasst hatte, wollte sie nun nachholen. Doch erst einmal würde sie Otto die richtige Würze verpassen. Sie brachte den Fleischwolf in Gang und stopfte recht energisch Ottos linken Oberarm in den Trichter. Sssssrrrssssssrrrsssssssssrrrss-srrrsssss..... in die Schüssel ergoss sich zuckend ein Strang Gehacktes, wenn auch die Messer einige Schwierigkeiten mit den Knochen hatten. Aber Otto hatte immer gesagt, dass man mit dem Teil (echte Vorkriegsqualität!) notfalls ein ganzes Schwein schreddern könnte. Naja, genau das machte sie ja gerade irgendwie. Das würde eine Menge leckere Hackfleischbällchen ergeben! Die Damen beim Basar waren ganz begeistert gewesen, als sie sich bereit erklärt hatte, für mindestens 300 Frikadellen zu sorgen. Für 2 Euro das Stück würden die sicher reißenden Absatz finden und ihren Beitrag dazu leisten, dass der örtliche Sportplatz endlich seinen Kunstrasenbelag bekam. Sie selbst würde natürlich nichts davon essen. Sie hatte schließlich auch ein Herz und das wäre ihr pietätlos vorgekommen. Also wirklich, allein schon der Gedanke… Doch bis dahin gab es noch einiges zu tun. Jetzt musste sie erst einmal das Hackebeil suchen gehen. Weit konnte es ja nicht sein…

„Ja, Beppo, was hast du den da mitgebracht? Leg das ab! Aus!" Monika Hellerwein schimpfte. Schon wieder hatte der Golden Retriever-Rüde etwas ins Haus geschleppt, was da definitiv nicht hingehörte. „Iiih, was ist das denn? Ist das Blut?" Beppo hatte zwar sein Fundstück wie gewünscht abgelegt, fing nun aber begeistert an, das handliche kleine Hackbeil sauber zu lecken. „Aus, pfui, lass das!" Monika zog ihn am Halsband zu sich. Das kann ja wohl nicht war sein. War das etwa Blut? Das ganze Beil war ja über und über mit Blut bedeckt. Du liebe Güte. „Holger, komm mal schnell. Beppo hat hier was ganz Merkwürdiges angeschleppt. Alles voller Blut." Holger kam in die Küche geschossen. „Ist der Hund verletzt? Müssen wir zum Tierarzt?" Erleichtert schloss er den begeistert mit dem Schwanz wedelnden Hund in die Arme und ließ sich von ihm das Gesicht lecken. „Bäh, du bist ja ganz blutig. Bah!" Er wischte sich mit seinem Ärmel durchs Gesicht und betrachtete die rötliche Färbung. Dann erst sah er das Beil. „Uuhh, das ist ja gruselig. Wie in einem Tarantino-Film." Alle drei schauten, wenn auch recht unterschiedlich motiviert, auf das Corpus delicti. „Wo mag er das wohl her haben? Das Blut ist noch ganz frisch." – „Ja, und eine ziemliche Menge. Das stammt sicher nicht von einem Schweineschnitzel." Holger holte sein Handy aus der Tasche. „Ich mach mal ein Foto und schicke es an die örtliche Polizei. Sollen die doch entscheiden, was wir damit machen sollen."

Und so nahmen die Dinge ihren Lauf: Der Basar der Landfrauen wurde einer Attraktion beraubt, aber dafür um ein spannendes Gesprächsthema bereichert. Und der Sportplatz hat leider immer noch keinen Kunstrasenbelag. Dabei hätte Otto doch im Tode noch so viel Gutes bewirken können! Schade.

Käse-Igel töten nicht

Haben Sie schon einmal einen Käse-Igel fabriziert? Ich nicht. Und ich habe auch keine Lust, einen zu machen. Aber mein Bruderherz geht natürlich wie immer ganz selbstverständlich davon aus, dass ich ihn und seine Skatbrüder bediene. Ein Käse-Igel soll es sein! Weil nämlich Roberts Frau – Robert ist sein bester Kumpel und sie kennen sich schon seit der Schulzeit – also Roberts Frau hat beim letzten Skatabend auch einen Käse-Igel hingestellt und alle waren ganz begeistert. Das ist doch verrückt, oder? Da sitzen drei gestandene Männer und picken Käsestücke! Können die nicht wie vernünftige Skatspieler mit ihrem Püllecken Bier und einer Tüte Chips auskommen? Nein, ich soll jetzt für die Herren der Schöpfung Würfelchen schneiden und Träubchen picken. Ach, warum bin ich nicht schon vor vier Jahren ausgezogen, als Gisela mir die kleine Einliegerwohnung in ihrem Haus angeboten hat. Aber ich wollte mich ja nicht vom Elternhaus trennen. Und irgendwie auch nicht von Jakob. Jakob – das ist mein Bruder. Nicht sehr helle. Und auch nicht gerade der erotische Traum der Dorfschönen, soweit ich das beurteilen kann. Die einzige große Liebe, die er jemals hatte, war und ist Bayern München. Was will man da erwarten? Obwohl – in letzter Zeit hat er sich doch häufiger mit Ramona getroffen – auch Bayern-Fan. Sie ist schon zweimal geschieden und dreimal verwitwet oder so ähnlich. Auf jeden Fall einen Riesenverschleiß an Männern. Die lässt nichts anbrennen und wählerisch ist sie auch nicht! Die wäre wohl am liebsten hier schon eingezogen. Jakob ist ja auch keine schlechte Partie mit dem Haus im Rücken und dem ganzen Land. Aber nicht mit mir. Die kriegt hier keinen Fuß über die Schwelle. Spekuliert sowieso nur aufs Erbe! Dann noch lieber die Idioten, mit denen er Skat spielt. Ich werde mal in den Keller gehen und den Käse raufholen. Da unten steht er schön kühl. Ich hasse Käse-Igel! Habe ich das schon gesagt? Egal! Das kann man gar nicht oft genug sagen. Unser Keller ist noch so ein richtiger Gewölbekeller, feucht und dunkel. Für meine Kartoffeln ist das ja nicht so toll, aber Käse lebt hier unten richtig auf. Ich muss nur aufpassen, dass die Mäuse nicht dran gehen. Aber das wäre mir jetzt auch egal – dann hätte sich der doofe Käse-Igel erledigt. Ich weiß gar nicht, warum ich mich immer breitschlagen lasse. Man müsste viel konsequenter sein! Mann, diese Stiege ist so etwas von steil und schlecht beleuchtet – das wollte Jakob schon seit Jahren ändern. Aber wahrscheinlich muss erst jemand stürzen! Wer hat denn da das Licht ausgemacht? Hallo! Ist da jemand? Hallo? Mach das Licht wieder an! *haaaaa-aaaaaa*

Was braucht man für einen Käse-Igel?

Man nehme eine Pampelmuse, Weintrauben oder Mandarinen und ca. 500 gr Holländer Käse. In Verbindung mit dem süßen Obst kann es ruhig ein mittelalter Holländer sein. Der Käse wird gewürfelt. Anschließend steckt man je eine Weintraube und ein Stück Käse auf einen Spicker und sticht diesen in die Pampelmuse. Achten Sie auf die Qualität der Spicker. Plastik bricht gerne ab! Notfalls gehen auch hölzerne Zahnstocher. Ansonsten: Lassen Sie Ihre Phantasie spielen!

Bittersüß

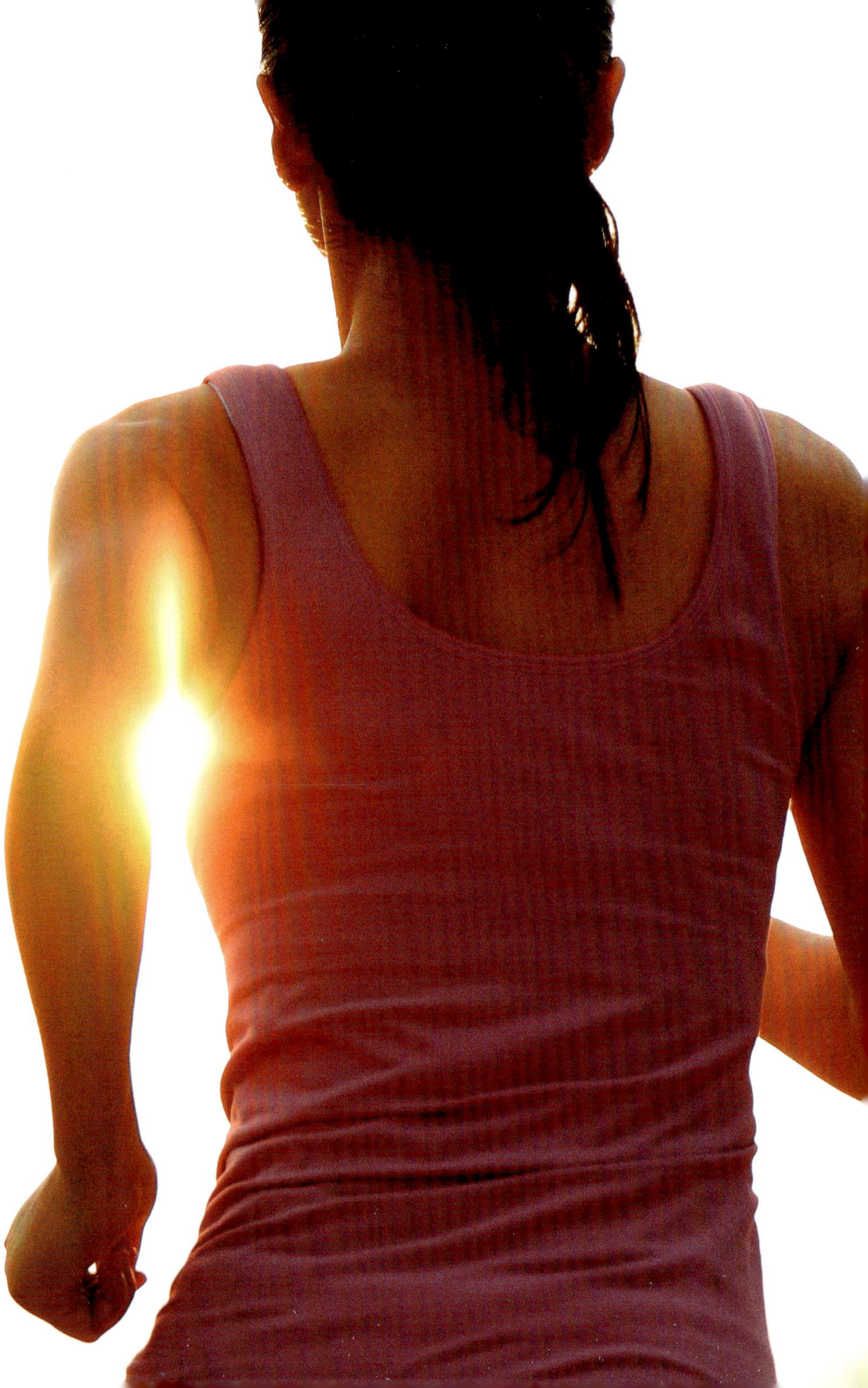

Leichtfüßig übersprang Heike einen Ast. Sie lief jetzt schon rund 20 Minuten, ihr Atem war trotz der Anstrengung gleichmäßig. Doch ihr Adrenalinpegel war hoch – sie war so ärgerlich, dass sie hätte schreien können. Beim Ausatmen stieß sie kleine Wölkchen aus. Eigentlich war es ihr zu kalt zum Laufen, aber sie hatte es im Haus nicht mehr ausgehalten. Diese langen Wintermonate in der Eifel konnten einem das Leben noch zusätzlich schwer machen. Wenn es wenigstens richtig schneien würde, aber der Winter war hier nur eine Abfolge von Tagen mit schlechtem Wetter. Sie wohnte jetzt seit rund drei Jahren in diesem Kaff – der „Liebe" wegen. Tja, hatte sich was mit Liebe, wenn man neben dem Ehemann auch gleich die grässliche Verwandtschaft mit heiratete. Und dass ihr Göttergatte ein Muttersöhnchen war, der ohne Mamas Zustimmung kaum allein zum Klo ging, hatte sie sich nicht ausmalen können, als sie ihn vor knapp vier Jahren auf der Hannovermesse kennen lernte. Damals wohnte sie noch in Köln. Was hatte sie bloß geritten, in die Eifel zu ziehen? Erst heute morgen hatte Thomas sie noch gebeten, „ein wenig netter" zu seiner Mutter zu sein. Zu diesem Biest. Ja, wenn ihr Lieblingssohn in der Nähe war, konnte ihre Schwiegermutter so mütterlich tun, wie man es sich nur wünschen konnte. Doch sobald Thomas außer Hörweite war, kamen die spitzen Bemerkungen: „Na, einen Aufnehmer hast du ja wohl noch nie in der Hand gehabt." – „Was bringt man Euch in der Stadt denn bloß bei." – „Wie du wieder aussiehst mit diesen Haaren." ... Es gab einfach nichts, an dem nicht herum gekrittelt wurde. Aber heute morgen hatte sie echt die Nase voll. Nicht nur dass sie Thomas so laut angebrüllt hatte, dass die Kinder völlig verschreckt guckten. Sie hatte endlich gehandelt. Ein Blick auf die Uhr: Bereits Viertel vor Neun. Wenn alles wie geplant klappte, wäre ihr fieser kleiner Plan schon erfüllt. Sie hatte bewusst die Wanne mit den frisch gewaschenen und feuchten Gardinen im Wohnzimmer stehen gelassen, bevor sie loslief. Denn pünktlich wie die Maurer stand die alte Schnepfe – sie würde nie Mutter zu ihr sagen! – um 8,30 Uhr in der Tür, um sie zu kontrollieren und zu schikanieren. Offiziell wurde das natürlich „Hilfe" genannt. Als hätte sie beim Staubsaugen Hilfe nötig. Aber als Städterin war man ja zu doof, um in den Ecken zu kehren. So hatte sie eben erst eine Schraube der Trittleiter gelöst, die sie zum Gardinenaufhängen brauchte und hatte die Leiter demonstrativ neben die Wanne gestellt. Sie wusste genau, die alte Schnepfe würde nicht widerstehen können, die Gardinen selbst aufzuhängen, „denn Ordnung muss sein!" Um ihr anschließend stundenlange Vorhaltungen zu machen. Sollte sie sich doch das Genick brechen! Aber wahrscheinlich würde sich die Alte nur ein paar blaue Flecken holen. Das würde ihr eine Lehre sein – vielleicht würde sie dann endlich aufhören, sich ungefragt in ihre Angelegenheiten einzumischen. Sie merkte, dass sie die letzten Gedanken beschwingt hatten. Schadenfreude ist doch die schönste Freude. Es wurde Zeit, umzukehren.

Als sie die Straße ins Dorf hinein lief, stand bereits der Notarztwagen vor der Haustür. Sie war ganz aufgeregt – der Plan schien besser geklappt zu haben, als erwartet. Langsam näherte sie sich dem zweistöckigen Neubau (O-Ton Thomas: „Mit Einliegerwohnung – damit Mutti dir bei den Kindern helfen kann!") und gab sich Mühe, ein besorgtes Gesicht zu machen. Die Nachbarin guckte sie mitleidsvoll an und drückte ihr die Hand, doch sie ging einfach weiter in Richtung Haustür. Da öffnete sich diese und zwei Sanitäter schoben eine Bahre mit einem vollständig abgedeckten Körper heraus. Definitiv tot! Upps, so richtig gerechnet hatte sie nicht damit. Jetzt war wohl die richtige Zeit für den Tränenausbruch, um nicht aufzufallen. Doch bevor sie sich langsam der Bahre nähern konnte, wurde sie heftig von hinten umklammert und eine nur zu gut bekannte Stimme heulte in ihr Ohr: „Oh mein Gott, ich habe ihn doch nur kurz gebeten, die Gardinen aufzuhängen, weil ich nicht mehr so gerne auf Leitern steige. Eigentlich hatte er gar keine Zeit und wollte nur den vergessenen Laptop holen. Jetzt ist er tot! - Jetzt hab ich nur noch dich und die Kinder...!" - Da spürte sie, wie sie echte Verzweiflung übermannte. Nun konnte sie weinen.

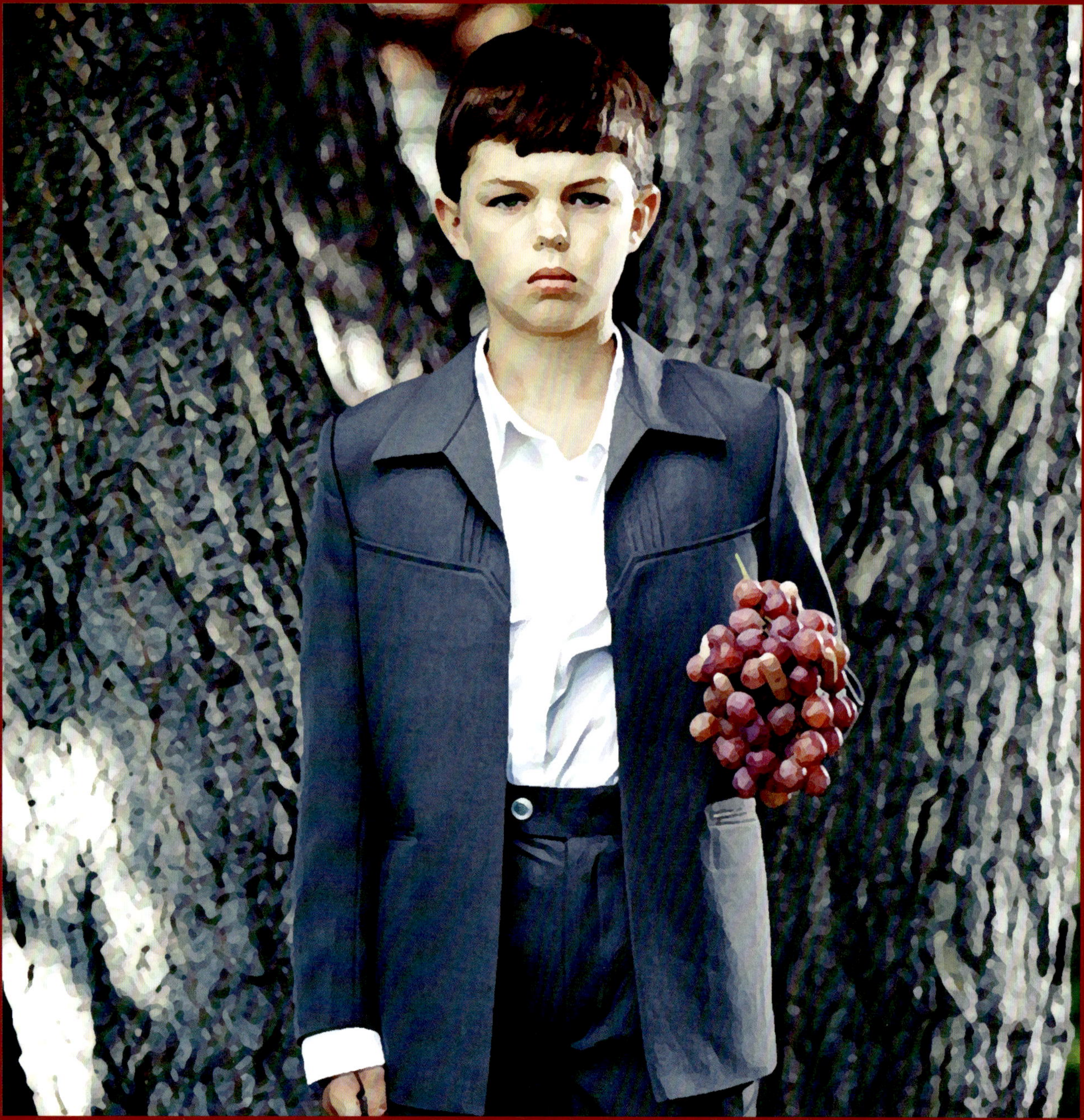

IN VINO VERITAS

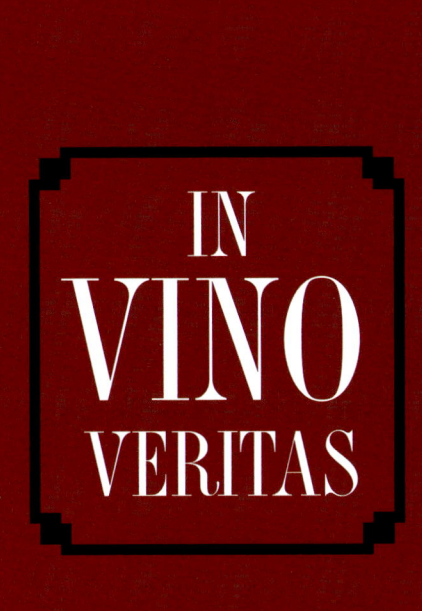

Schrullig war der Hans Mühlberg ja schon immer gewesen. In jungen Jahren hatte er viel im Weinbau experimentiert: mit Fässern aus verschiedenen Holzsorten, Traubenverschnitten oder auch Weintraubenlese bei Mondschein. Eine besondere Schnapsidee: Die Produktion eines Jahrhundert-Sherrys, den er mehrere Jahrzehnte im neuen Betontank reifen lassen wollte. Und wehe, jemand wollte an den Tank. Irgendwann gaben es die Mitarbeiter auf, ihn darauf hinzuweisen, dass Sherry in einem offenen Fass gelagert werden muss. Das war so eine typische Familienanekdote, der sture, unbelehrbare Onkel! In den letzten Jahren verschlimmerte sich sein Zustand. Der alte Winzer verließ den Weinkeller kaum noch, saß stundenlang auf einem Fass vor seinem Experimentiertank und sinnierte vor sich hin, sprach mit sich selbst und haderte mit dem Schicksal. Eigentlich war es für alle eine Erlösung, als er nachts einen Schlaganfall bekam und seine Putzfrau ihn morgens tot im Bett fand. War doch ein schöner Tod. Und 81 Jahre war ja auch ganz schön alt, zumindest in den Augen des 32jährigen Großneffen Willi. Bei der Beerdigung war das ganze Dorf auf den Beinen gewesen, denn Mühlberg war durchaus ein geachteter Mann, wenn er sich auch mit seiner Entscheidung vor 15 Jahren, sein Weingut nicht an die Supermarktkette zu verkaufen, keine Freunde gemacht hatte. Damit war das Projekt Supermarkt inklusive Parkplatz vom Tisch. Die Nachbarn, die schon mit den hohen Summen geliebäugelt hatten, waren damals ziemlich wütend und enttäuscht. Doch heute fühlten die Meisten Dankbarkeit, dass der alte Mühlberg damals so stur geblieben war - so hatte sich der alte Dorfkern weitgehend erhalten und der Tourismus boomte in dem kleinen Weinörtchen an der Ahr nicht schlecht. Morgen sollte die Testamentseröffnung sein. Willi rechnete fest damit, dass er das Anwesen erben würde, denn Kinder hatte Mühlberg keine gehabt. Und Willi konnte etwas Unterstützung gut gebrauchen, denn seine Tätigkeit als Immobilienmakler brachte nicht wirklich viel ein. Vielleicht würde er ja mal den Jahrhundert-Sherry probieren. Der war jetzt fast 50 Jahre im Tank, die Basis war ein hervorragender trockener Wein gewesen. Vielleicht hatte der Alte ja recht und der Sherry war tatsächlich so etwas wie der Familienschatz...

Bei der Testamentseröffnung waren nur der Notar und Willi anwesend. Die Geschwister von Mühlberg waren schon vor einigen Jah-

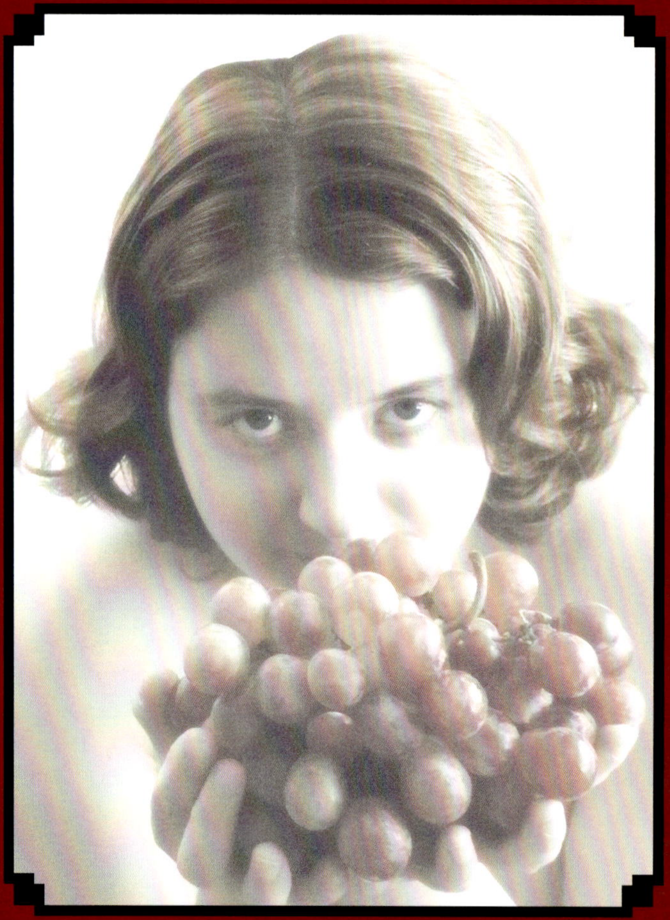

ren gestorben. Der Notar öffnete das Testament und begann die Verlesung: „Lieber Willi, du als mein Neffe kannst dir sicher denken, dass du alles erben wirst, wenn du auch am Weinbau bisher kein Interesse gezeigt hast. Ich kann dir das nicht verdenken – ich habe die Freude daran schon vor Jahrzehnten verloren. Im Gegensatz zu dir hatte ich allerdings keine Alternative. Denn du musst wissen, dass ich am 5. Mai 1962 Otto Maurer getötet habe..." Schockiert blickte der Notar auf: „Mein Gott!" Willi schaute fassungslos auf das Blatt: „Das gibt's doch nicht. Lesen Sie weiter!" Und der Notar fuhr fort: „Lass mich das erklären: 1942 war ich 13 und sehr verliebt in Sara. Sara Rosenstiel war 16 und wunderschön. Ich brachte ihr immer gerne eine Traube vorbei, denn sie durften ihr Versteck nicht verlassen. Sie lächelte mich an und ihr Lächeln hob mich in den Himmel. Ich wusste, dass ich für sie ein Kind war, aber ich war sicher - noch ein paar Jahre und wir werden ein Paar. Das dachte ich bis zum 9. September 1942. Da wurden Sara und ihre Eltern deportiert. Ich habe nie mehr etwas von ihnen gehört. Dabei wusste jeder, dass Otto Maurer sie verraten hatte. Er war damals noch ein kleines Licht, aber danach machte er Karriere in der Partei und brachte es bis zum Obersturmbannführer. Er musste mehr auf dem Kerbholz gehabt haben, denn nach Kriegsende verschwand er spurlos und man munkelte, er wäre in Brasilien untergetaucht. Bis zum Mai 1962. Ich weiß gar nicht, was ihn wieder in die alte Heimat brachte. Auf jeden Fall erkannte ich ihn sofort, obwohl Haarfarbe und auch die Nase verändert waren. Diese Augen werde ich nie vergessen, wie er mich angegrinst hat, als die Rosenstiels aus ihrem Versteck getrieben wurden. Ich stand da mit meiner Traube in der Hand. Ich bereue nicht, dass ich Otto erschlagen habe. Seine Leiche findest du übrigens in meinem Experimentiertank. Auf den Jahrhundert-Sherry brauchst du also nicht zu spekulieren. Otto hat mein Leben zerstört. Er hat mir nicht nur Sara genommen. 1965 lernte ich Herta kennen. Wir sahen uns an, und es war Liebe auf den ersten Blick. Sie war nur einige Monate hier zur Krankheitsvertretung von Dr. Klausen, danach ging sie nach München zurück zu ihrer Familie und übernahm dort eine eigene Praxis. Ich wäre so gerne mit ihr gegangen. Aber ich konnte den Tank nicht aus den Augen lassen. Sie stellte mich vor die Wahl: „Der Weinberg oder ich!" Du kannst dir denken, wie ich mich entscheiden musste. Ich habe nie wieder eine solche Frau getroffen. Otto hat mir die Liebe genommen. Und er nahm mir auch die Freiheit. So gerne hätte ich das Anwesen verkauft. Ich war es so leid, die Trauben, der Keller, der Tank. Ich wäre so gerne gereist, hätte die Welt gesehen. Ich habe immer von der Karibik geträumt. Stattdessen war ich fest an Otto gebunden. Ich konnte nicht zulassen, dass der Weinkeller abgerissen, der Tank zerstört wird. Hätte man Otto gefunden, wäre ich ins Gefängnis gewandert. Heute erkenne ich, dass ich die ganze Zeit im Gefängnis war."

Die Zeit davor

Ich sitze an meinem Schreibtisch und erstelle meine Spesenabrechnung. Akribisch klebe ich die Tankbelege auf einzelne Papierbögen und erfasse die Summen in einer Excel-Tabelle. Das mache ich jeden Freitag Nachmittag. Mist, ein Tippfehler. Ärgerlich korrigiere ich die eingegebene Zahl. Gerade bei solchen Dingen darf man sich keine Nachlässigkeit leisten. Eine fehlerhafte Spesenabrechnung ist durchaus ein Kündigungsgrund. Erst letztes Quartal hatte ich deshalb Dieter Jäger entlassen müssen – er hatte es tatsächlich gewagt, ein privates Treffen mit einem Freund als Geschäftsessen zu deklarieren. Er argumentierte noch, dass man ja schließlich auch über die Produktlinie Natural gesprochen habe – doch so einfach ließ ich mich nicht täuschen. Ich bin ja nicht von gestern. Natürlich hatte ich den Namen des Geschäftspartners gegoogelt und festgestellt, dass beide in der gleichen

Klasse waren und der Freund freiberuflich als Rechtsanwalt tätig war. So schnell lasse ich mich nicht übers Ohr hauen. „Hans, Kaffee ist fertig!" ruft es von unten. Ich sehe auf die Uhr: Bereits Viertel nach vier. Dabei hatte ich doch schon mehrfach betont, wie wichtig es mir war, meinen Kaffee pünktlich um 16 Uhr zu bekommen. Aber auf Lisa war diesbezüglich kein Verlass. Sie lachte mich einfach aus, wenn ich ihr Vorhaltungen machte. Früher hatte ich dieses Lachen, diese Leichtigkeit bezaubernd gefunden. Heute nervte Lisa nur noch. Sie nahm einfach nichts ernst. Letzte Woche hatte ich zum ersten Mal in meinem Leben eine Mahnung erhalten – wegen einer nicht bezahlten Arztrechnung. Das war mir noch nie passiert. Einfach peinlich! Was sollten die Leute bloß denken. Sie hatte natürlich keine Ahnung, wie das geschehen konnte. Aber mir war das schon klar – wahrscheinlich hatte sie die Post in den alten Zeitungen auf dem Küchentisch unter gegraben und alles in der Tonne entsorgt – inklusive der Rechnung Ich hasse es, dass sie morgens beim Frühstück immer ihre Zeitung lesen muss und anschließend in Ruhe das Sudoku löst. Als hätte sie nichts anderes zu tun. Genervt verlasse ich den Schreibtisch und gehe hinunter in die Küche. Leer! „Ich habe den Tisch draußen gedeckt, das Wetter ist so schön!" schallt es von der Terrasse. Ich stöhne: „Du weißt doch, dass ich die Sonne nicht vertrage. Und permanent diese Wespen – ich habe doch meine Allergie!" Missmutig gehe ich durch die Terrassenzimmertür nach draußen. Manchmal denke ich, sie schikaniert mich mit Absicht. Wahrscheinlich spekuliert sie darauf, dass mich eine Wespe sticht und ich an einem allergischen Schock sterbe! Ich habe schon ernsthaft über eine Scheidung nachgedacht.

Aber der Verzicht auf einen Ehevertrag – damals, als ich sie noch bezaubernd fand – würde das Ganze zu einer teuren Angelegenheit machen. Als Vertriebsleiter verdiene ich ganz gut und das Haus ist bezahlt. Lisa hatte natürlich keinen Cent dazu beigetragen. Und das bisschen Haushalt war nun wirklich nicht der Rede wert. Aber ich habe schon einen Plan. In zwei Wochen würden wir zum Wandern nach La Gomera fliegen. Ich hatte mir die Karten besorgt und sorgfältig geprüft. Eine Wanderstrecke war besonders gut geeignet. Und die Spanier nahmen es ja wohl mit ihren Untersuchungen nicht so genau. Ich setze mich und nehme einen Schluck Kaffee: „Der Kaffee ist ja nur lauwarm. Ich habe dir doch schon dreimal gezeigt, wie die Kaffeemaschine funktioniert. Das kann doch nicht so schwer sein!" Lisa zuckt mit den Schultern. „Gestern war er dir zu heiß." – „Das war er auch. Es muss doch möglich sein, temperierten Kaffee zu bekommen," entgegne ich scharf. Lisa steht auf und geht in die Küche. Ich nehme noch einen Schluck. Was war das bloß für ein krümeliges Zeug auf dem Teller? Ich höre Lisas Schritte näher kommen. „Was ist denn das auf dem...?" - *Plötzlich wurde es schwarz um ihn und sein Kopf fiel mit einem vernehmlichen Plopp in den zugegebenermaßen tatsächlich ziemlich trockenen Zitronenkuchen. Lisa hielt die Bratpfanne locker in der rechten Hand. „Ich hoffe, dass war jetzt so recht?" Endlich hatte sie diesen pedantischen Miesepeter vom Hals. Die nächsten Jahre im Gefängnis zu verbringen konnte wirklich nicht schlimmer sein, als die Perspektive, die nächsten zwanzig Jahre mit diesem Kerl zusammen zu leben.*

Omelett mit Pilzen

Sie trug sich mit Mordgedanken. Wieder war es passiert: Sie hatte für die Besprechung mit dem Personalvorstand alle Zahlen akribisch recherchiert und aufbereitet. Doch statt sie selbst zu präsentieren, hatte sie sich darauf verlassen, dass Horst, ihr „Projektleiter" das tat. Horst – wenn sie den bescheuerten Namen schon hörte, der Kerl hieß wie ein Vogelnest! Natürlich hatte er alles wieder durcheinander gebracht und keine Ahnung gehabt, wie die Zahlen zustande kamen. Sie musste endlich aufhören, sich immer hinter ihm zu verstecken. Sie war ungleich kompetenter in dem Job! Wenn nur die schreckliche Nervosität vor Publikum nicht wäre... Sie könnte vor Scham in den Boden versinken, wenn alle sie anstarren und nur darauf warten, dass sie einen Fehler macht. Das ging seit dieser vermaledeiten Schultheateraufführung schon so. Als sie auf der Bühne stand und die Blicke auf sich spürte, hatte sie das Gefühl, lauter Insekten krabbelten auf ihrem Körper herum, Textfetzen schossen durch ihren Kopf, aber es kam kein Wort über ihre Lippen. Sie hatte die komplette Aufführung geschmissen. Seufzend schritt sie die Treppe hinunter. Die freundlichen Grüße der Kollegen aus der Buchhaltung quittierte sie nur mit einem gequälten Lächeln. Die wussten wahrscheinlich auch schon Bescheid. Horst hatte sie total blamiert in der Besprechung und ihre Karriere konnte sie getrost abschreiben. Erst kommentierte er die Zahlen völlig falsch und schob ihr dann noch die Schuld in die Schuhe. Und sie hatte mal wieder da gesessen und keinen Ton heraus gebracht. Rot wie eine Tomate war sie geworden. Sowas von peinlich! Sollte sie heute in die Kantine gehen? Eigentlich war ihr der Appetit vergangen, obwohl heute Omelett mit Pilzen auf dem Programm stand. Das aß sie für ihr Leben gerne, obwohl es mindestens 1000 Fettpunkte hatte. Ist sowieso mehr etwas für die ganzen Testosteron-gesteuerten Flachpfeifen, dachte sie gehässig. Und wünschte sich im gleichen Atemzug etwas mehr Testosteron. Dann hätten sie diesem Idioten schon die richtige Mischung an Giftpilzen unter sein Omelett gemischt. Obwohl Gift ja nun eher ein Thema der holden Weiblichkeit ist. Wahrscheinlich können die meisten Männer auch einen schwär-

zenden Saft- ling nicht von einem
Maipilz un- terscheiden. Wie gerne
hätte sie jetzt einen ziegelroten Risspilz.
Vor Schmer- zen winden sollte sich der
Mistkerl. Sie grins- te innerlich und genoss ihre
Mordvisionen. Ge- dankenversunken stand sie am
Treppenabsatz und ein feines – wenn auch bei näherer
Betrachtung leicht maliziö- ses Lächeln – umspielte ihre Mundwinkel, als sie plötzlich anger- empelt wurde. Iiiih, Horst, da war er wieder, der Oberidiot, der ihr die Karriere versaut hatte. „Na, Eva, da hast du ja keine
besonders gute Figur gemacht heut früh. Der Alte hat sich hinterher noch gewundert, warum ich
dich überhaupt ins Meeting mitgenommen habe. Beim nächsten Mal wird es sicher besser!" Blutroter Zorn kochte
in ihr hoch und sie fühlte, wie sich ihre Nackenhaare aufrichteten. Diese blöde Visage wollte sie niemals wieder sehen. Warum auf die richtige Pilzmischung warten, wenn es doch so viel einfacher ging – und mit einem herzhaften
Zugriff beförderte sie Horst die drei Etagen ins Erdgeschoss...
...als sie wie aus einer Trance erwachte, wurde sie gerade von zwei Polizisten in schlecht sitzenden Uniformen
die Außentreppe des Gebäudes hinab geführt, an deren Fuß ein Streifenwagen mit Blaulicht auf sie wartete. Um
sie herum gaffende Gesichter und auch ein Kameramann von n-tv war zur Stelle. Sie streckte sich und hob ihr
Kinn. Als sie bemerkte, wie sehr sie es genoss, im Rampenlicht zu stehen und die Blicke des Publikums zu spüren,
lächelte sie verzückt...

„Ich finde das total eklig. Warum müssen wir denn hier oben picknicken?" Angewidert schaut Rudolf auf die Leiche. „Jetzt hab dich doch nicht so." Jost beißt mit Genuss in sein Salamibrot:" Der isst dir ganz bestimmt nichts mehr weg!" – „Ja, aber ich find es trotzdem fies. Wie lange ist der wohl schon tot?" Rudolf beugt sich über den Kopf der Leiche, die malerisch zwischen den beiden Picknickenden hin drapiert liegt. „Nach der Hautfarbe zu schließen könnte der ruhig mal ein Sonnenbad vertragen." – „Gestern war er auf jeden Fall noch nicht hier. Fühl doch mal, ob er schon steif ist?" Jost nimmt einen großen Schluck aus seinem Stubbi und schließt genießerisch die Augen: „Willst du auch noch ein Stubbi?" Doch Rudolf ist gerade damit beschäftigt, die Leiche mit spitzem Finger an verschiedenen Körperstellen zu stupsen. „Ich glaube, der ist schon länger tot. Oder er hat ganz schlimme Verspannungen", Rudolf beugt sich weiter über die männliche Leiche und betrachtet interessiert das Gesicht: „Der hat ganz zusammengewachsene Augenbrauen. Sieht ein bisschen aus wie Theo Waigel, nur jünger." – „Ja, eine Schönheit ist das definitiv nicht. Der sah immer ziemlich verwildert aus", nickt Jost. Rudolf richtet sich auf: „Ja, kennst du den Kerl etwa?" – „Ja klar, und du müsstest ihn eigentlich auch kennen. Seinetwegen hat dich doch Marion vor die Tür gesetzt. Ich habe mich immer schon gewundert, was die für einen merkwürdigen Geschmack

Prost Mahlzeit!

hat," Jost Blick streift den kleinen, etwas dicklichen Rudolf. Er grinst. „Hat sich nicht wirklich verbessert – zumindest nicht optisch." Doch Rudolf hört ihm gar nicht zu. „Das ist der neue Macker von Marion? Ich glaube es ja nicht! Wie kommt der denn hierher?" – „Na, wahrscheinlich ist er gelaufen, oder hast du einen fahrbaren Untersatz gesehen?" – Rudolf stöhnt: „Das meine ich doch gar nicht. Ich dachte, die wären nach Düsseldorf gezogen. Marion wollte doch immer schon in die Stadt. Aber mit so einen Arschgesicht?" Jost grinst. „Na, der hatte halt verborgene Werte." – „Du meinst, er war gut im Bett? Das bin ich auch!" Rudolf wirft sich in die Brust: „Bei mir hat sich noch keine beklagt." – Jost schüttelt den Kopf: „Na, die sind zum Klagen immer zu mir gekommen ... Aber das meine ich doch gar nicht. Der Junge hatte ein dickes Bankkonto. Das war für deine Marion viel attraktiver als die zusammengewachsenen Augenbrauen!" – „Ja", seufzt Rudolf, „auf Geld war sie ganz scharf. Sie hat ja immer geglaubt, ich würde mal den Hof der Eltern erben. Als ich ihr sagte, dass da nichts zu holen sei, hat sie mich kaum noch ran gelassen. Aber woher weißt du das mit dem Geld?" Langsam putzt sich Jost die fettigen Finger an seinem Flanellhemd ab: „Er hat mir was geliehen. Zehn Riesen. Für ein Geschäft, dass dann leider nichts geworden ist." – „Boah, da war er bestimmt echt sauer!?" Rudolf schaut interessiert zu, wie Jost die Krümel des Salamibrots von seiner Hose streicht. „Das kannst du wohl laut sagen. Er hat ganz schön Ärger gemacht." – „Und wieso liegt er jetzt hier tot rum? Wie ist er eigentlich gestorben?" Rudolf beugt sich erneut über die Leiche und mustert sie interessiert. „Schlag einfach mal die Jacke auf, dann siehst du es," Jost nimmt einen letzten Schluck aus der Flasche. Rudolf zupft vorsichtig die Jacke auf: „Mann, da ist ja ein Messer – voll ins Herz." Er schaut genauer hin: „Aber das ist doch...", er schlägt die Jacke vollständig zurück, mustert das Messer: „Das kenne ich doch." Er fasst vorsichtig mit der Hand um den Messergriff: „Das ist doch mein japanisches Kochmesser, das ich letztes Jahr von Marion zu Weihnachten geschenkt bekommen habe. Vom Teleshopping." Er will das Messer raus ziehen, doch Jost hält ihn zurück. „Das würde ich lieber nicht machen!" – „Ja, aber wie kommt denn mein Kochmesser in den Kerl? Das gibt´s doch nicht!" – „Doch, Rudolf, das passt schon. Ich habe es mir gestern aus deiner Küche geholt." Rudolf reißt erschreckt die Augen auf: „Du hast den Kerl gekillt? Und mit meinem Messer? Bist du bekloppt?" Er springt auf. Jost weicht einige Schritte zurück, nimmt den Rucksack, dreht sich um und geht. Rudolf ist völlig fassungslos. Über die Schulter ruft Jost ihm noch zu: „Nicht bekloppt, sondern ziemlich schlau. In ein paar Minuten ist die Polizei hier. Du stehst hier mit einem super Motiv, einer Tatwaffe mit deinen Fingerabdrücken, die auch noch zufällig aus deiner Küche stammt. Du warst schon immer eine Hohlbirne. Und ich? Ich habe ein Alibi. Wasserdicht. Übrigens von Marion. Sie lässt dich schön grüßen."

Gegenwind

Im Bierzelt ging es hoch her. Schon seit Stunden stand man zusammen und feierte das Jubiläum der örtlichen Feuerwehr und den Sieg der heimischen Fußballmannschaft. „Bei Euch wachsen ja demnächst die Windräder in den Himmel, habe ich gehört", wechselte Ortmann das Thema und schubste Fred dabei an. „Das sind ja tolle Aussichten", kicherte er. „Hör mir bloß auf", stöhnte Fred. „Ich bin es so leid. Das ist eine Unverschämtheit, uns die Dinger so dicht vor die Nase zu setzen. Und weißt du, wie hoch die sind? 184 Meter!" Sein Neffe Theo, Mitglied im Gemeinderat, wiegelte ab. „Dicht vor die Nase ist doch Quatsch. Die stehen schon aus rechtlichen Gründen mindestens 1,5 Kilometer entfernt vom nächsten Haus." Ortmann insistierte: „Mir wäre das viel zu dicht am Haus. Man weiß doch nie – Schattenwurf, Eisbruch – was man da alles so liest." – „Genau, das sagt der Hans auch", nickte Fred: „Aber für den Gemeinderat zählt doch nur das Geld." – „Ja, das ist doch auch wichtig. Wenn wir die Windräder nicht bei uns installieren, stehen sie in zwei Jahren im nächsten Dorf, verschandeln uns die Aussicht und wir gucken in die Röhre." Nikolaus nahm noch einen tiefen Schluck aus seinem Stubbi, „ich bin auf jeden Fall dafür!" – „Ja, du glaubst ja auch, dass man mit dem Geld endlich die Straße vor deinem Haus saniert," witzelte Theo, „aber da kannst du lange warten. Zuerst ist mal die Sanierung des Gemeindehauses dran." – „Und dafür sinkt der Wert unserer Häuser – nur damit Ihr Euch ein paar neue Gardinen für den Tagungssaal kaufen könnt!" Fred wurde langsam sauer. „Mensch Fred, das haben wir doch schon 100 Mal diskutiert. Kein Mensch möchte Atomkraft, aber alle brauchen Strom. Wir müssen auf regenerative Energien umstellen," stöhnte Theo. „Aber warum denn gerade bei uns? Hier ist unberührte Natur. Deshalb kommen auch die Touristen!" Inzwischen bekam Fred verbale Unterstürzung durch seinen Nachbarn Hans. Jetzt mischten sich auch die Umstehenden ein: „Unberührte Natur? Ich lach mich tot. Vor 150 Jahren war hier noch Schwerindustrie." – „Deshalb fahren die Touristen auch so gerne an die Costa Blanca. Weil da die Natur so unberührt ist." – „Ich kann meinen Laden dicht machen, wenn die die Windräder bauen!" Inzwischen ging es drunter und drüber. Der Alkohol tat sein übriges, um die Stimmung aufzuheizen. Die Wortbeiträge wurden schärfer. „Ihr Penner. Ihr denkt doch immer nur an Euch!" – „Meine Kinder sollen sich nicht beschweren können, wir hätten nichts getan." – „Ewig-Gestrige!" – „Ökospinner!" – „Querulanten!" – „Ihr macht unsere ganze Natur kaputt." Fred heulte auf. „Und Ihr vom Gemeinderat seid es schuld." Er schubste Theo, der sich gerade nach einem neuen Bierglas reckte. Der stolperte über eine Bank und stieß sich schmerzhaft das Knie. Der Dunst von seinem verschütteten Bier stieg auf und vermischte sich mit der aggressionsgeschwängerten Luft. Der Ärger war zum Greifen nah. „Hey, Du spinnst wohl!" brüllte Theo, und rieb sich das schmerzende Knie, das seit der Meniskusoperation im letzten Jahr sehr empfindlich war. „Stell dich nicht so mädchenhaft an!" hänselte ihn Ortmann, doch Theo ging auf Fred los. Der stellte sich in Positur: „Komm doch, mit dir nehme ich es auch noch im Sitzen auf!" Nikolaus ging mit zwei Stubbis dazwischen. „Hier, trinkt lieber noch ein Bier zusammen. Das ist es nicht wert!", Aber Fred war inzwischen nicht mehr zu bremsen: „Dämliches Jungvolk! Was wisst Ihr schon. Alles macht Ihr kaputt." Er nahm sein Stubbi und schüttete das Bier über Theos Brust. Damit war die Rangelei eröffnet. Ortmann zog ihn mit voller Wucht zurück, Theo warf sich auf ihn, Nikolaus versuchte, dazwischen zu gehen und bekam einen Schlag von Hans ab, der eigentlich auch auf Theo gezielt hatte. Schnell war eine Schlägerei im Gang, bei der auch unbeteiligte Jugendliche begeistert mitmischten. Doch Fred hatte sein Ziel nicht aus den Augen verloren und auch Theo zog es in seine Richtung. Fred holte aus und verpasste ihm einen rechten Schwinger, Theo konterte mit einem Leberhaken, bekam dafür aber einen Schlag mit der Flasche über den Kopf. Er fiel über die Bank und schlug unglücklich mit seinem Kopf auf die Theke. Das knackende Geräusch brechender Knochen war selbst über den Kampflärm zu hören. Fred erstarrte und wehrte sich auch nicht, als Ortmann ihn herumriss und ihn gegen die Theke schubste. „Aufhören" gellten erste Rufe durch den Raum. „Seid Ihr völlig bekloppt geworden." Einige Feuerwehrleute eilten ins Zelt und zogen die Kämpfenden auseinander. Freds Blick hing an Theo. Der lag da und hatte sich nicht gerührt. Seine Augen waren offen. Es gab kein Zweifel – er war tot. Erschöpft und leer ließ sich Fred auf eine Bank fallen. Das hatte er nicht gewollt. Er fasste sich ans Herz…

Als der Notarzt die Tasche zusammenpackte schaute er zum uniformierten Polizeibeamten auf, der nach Abtransport der Leiche das Zelt zur Spurensuche absicherte. „Wissen Sie, das sehe ich nicht zum ersten Mal. Das waren hier die ersten Opfer der Windkraft! Nicht die Natur wird vernichtet – an die Windräder hat sich jeder in ein paar Monaten gewöhnt – sondern stabile Beziehungen zwischen Verwandten, Freunden und Nachbarn." – „Ja, aber das liegt nicht an der Windkraft. Sondern daran, wie wir damit umgehen, wenn jemand anders denkt als wir. Emotional leben wir immer noch in der Steinzeit und es herrscht das Gesetz der Keule." Er seufzte. „Na, so werden wir wenigstens nicht arbeitslos." – „So hat doch alles noch sein Gutes," grinste der Arzt sarkastisch und schloss die Tasche. „Man sieht sich!"

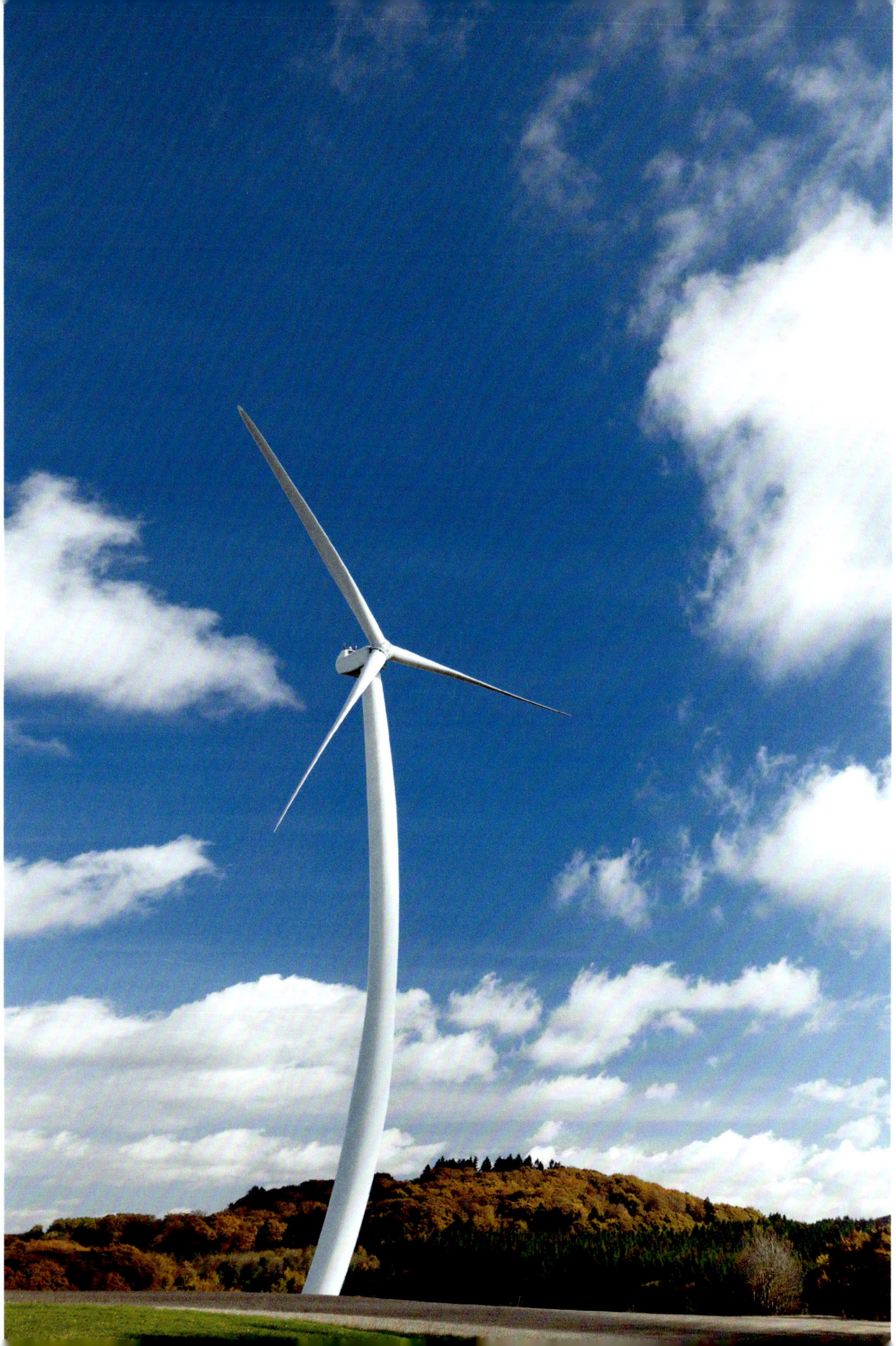

Not macht erfinderisch

Er konnte sich kaum noch bewegen – durch das lange Sitzen war er ganz steif und beide Beine waren eingeschlafen. Mühsam hangelte sich der neunjährige Toby zum nächsten Ast, balancierte vorsichtig, bis die Durchblutung wieder eingesetzt hatte und kletterte anschließend langsam den Baum hinunter. Dabei zitterten seine Hände, und er schluchzte leise vor sich hin. Die Anspannung der letzten drei Stunden war fast zu viel für ihn geworden. Dabei hatte eigentlich alles gut geklappt. Rund zweihundert Meter von ihm entfernt war das Buschwerk niedergewalzt, und ein Quad lag umgekippt und eingedrückt direkt vor einer mächtigen Buche. Vom Fahrer war nichts zu sehen.

Das war auch gut so. So genau wollte Toby gar nicht wissen, wie es um den Fahrer stand. Ihm reichte, dass dieser sich in den letzten fünf Minuten nicht gerührt hatte, und auch kein Stöhnen zu hören war. Langsam ging Toby zurück durch den Wald und lief nach Hause. Er durfte nicht vergessen, die Falle wieder bei Onkel Hans abzugeben...

„Keine Ahnung, was hier passiert ist, aber dem armen Kerl war ganz sicher nicht mehr zu helfen", meinte der Polizeibeamte Walter Müller und blickte auf die Leiche. Sein Kollege, Horst Richter, der gerade die Unfallstelle absicherte, schaute hoch: „Diese Quads sind laut und einfach lebensgefährlich. Kaum zu beherrschen und keinerlei Knautschzone. Einmal nicht aufgepasst, und du fliegst aus der Kurve. Und der Mann hatte noch nicht mal einen Helm auf...". Müller musterte den Toten, dessen Kopf in einem recht unguten Winkel zum Körper stand: „Mich würde mal interessieren, woher die Kratzer da rechts überm Ohr stammen." Er schaute genauer hin: „Du, ich glaube, ich kenne den Typen sogar. Wir hatten letzte Woche bei ihm einen Einsatz wegen häuslicher Gewalt. Er hat seine Freundin so verprügelt, dass sie immer noch im Krankenhaus liegt. Und der Stiefsohn Toby war auch völlig verstört. Wir haben ihn bei Verwandten im Ort untergebracht. Da hatte man sich schon Gedanken über diesen Schläger gemacht, aber in so einem Dorf macht ja keiner den Mund auf, bis es zu spät ist." Er wandte sich seinem Kollegen zu: „Ich würde mich nicht wundern, wenn der auch das Kind angefasst hat. Er hatte schon eine einschlägige Vorstrafe." – „Mich ärgert immer, wie schnell die erst einmal auf freiem Fuß sind. Für mich gehören solche Typen direkt eingebunkert," erbost sich Richter: „Warum machen wir uns die Arbeit, die Leute zu schnappen, wenn jeder Rechtsanwalt die innerhalb von einem halben Tag wieder auf der Straße hat. Der arme Junge – der muss doch Todesängste ausgestanden haben." Müller nickte in Richtung der Leiche: „Zumindest hat er jetzt einige Sorgen weniger. Und wenn seine Mutter wieder aus dem Krankenhaus kommt, können die Zwei erst einmal neu anfangen!" Von weitem hörte man das Geräusch eines sich nähernden Autos. „Ah, da kommen die Kollegen endlich. Ich habe jetzt gleich Feierabend."

... Einige hunderte Meter weiter sprang ein Marder von Ast zu Ast und freute sich über seine neu gewonnene Freiheit. Das letzte halbe Jahr hatte er mehr Zeit auf dem Dachboden eines Bauernhauses verbracht als im Wald - bis er gestern einem Köder nicht widerstehen konnte und in die Falle ging. Alles Schreien und Fauchen hatte nichts genutzt, und als er mitsamt der Falle in einen dunklen Sack gestopft wurde, hatte er sich fast schon mit seinem Schicksal abgefunden. Umso plötzlicher die Wende: Helligkeit, ein Fall, Festkrallen, Abstoßen und ein großer Sprung in die Freiheit...

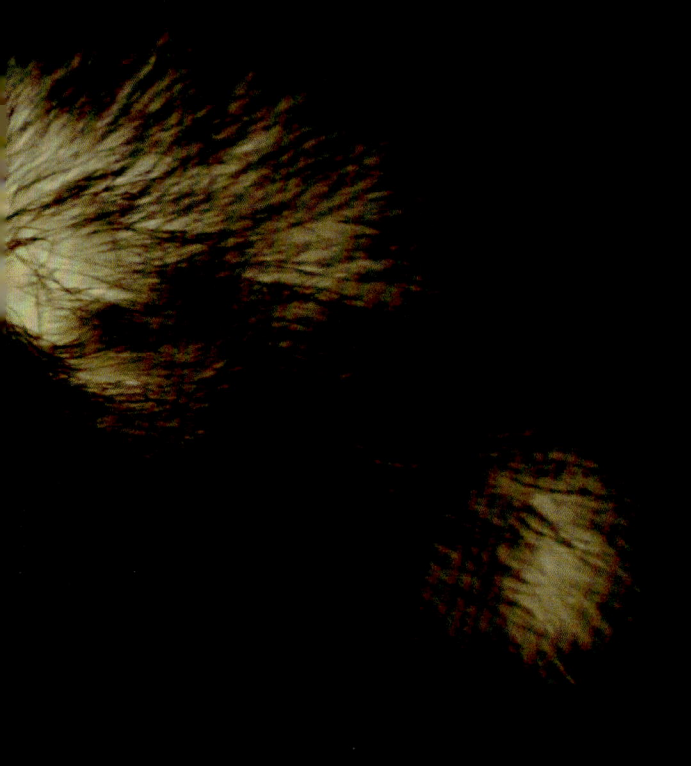

Düster:

Die Hand, die den Stift hielt, zitterte. Unbeholfen malte die alte Frau Zahlen auf ein Blatt Papier. Das strähnige Haar klebte an ihrem Schädel, der rechte Mundwinkel hing herab und sie sabberte leicht. Ein Auge war geschlossen. Sie schien weit weg zu sein. Als das Blatt Papier zu Ende war, malte sie die Zahlen einfach weiter, auf den Tisch. Pflegerin Resi eilte herbei und legte ihr ein neues Blatt hin. „Sie braucht ungefähr eine Dreiviertelstunde bis das Blatt voll ist. Dann müssen Sie ihr ein neues hinlegen," erklärte die Pflegedienstleiterin dem neuen jungen Tagespfleger Bernd. „Ansonsten malt sie uns alles voll, Wände, Tapeten, Möbel – sie schreibt und schreibt und schreibt." – „Kann man ihr nicht einfach einen leeren Kugelschreiber geben?" – „Ja, das haben wir uns auch überlegt. Andererseits – bevor sie begann, diese Zahlen aufzumalen, hat Frau Düster nach einem schweren Schlaganfall drei Jahre im Wachkoma gelegen. Es war für uns alle eine Offenbarung, als sie in den Außenkontakt

502032

ging. Das war vor knapp zwei Jahren. Leider ist es dabei geblieben. Da die rechte Körperhälfte gelähmt ist, malt sie mit links. Es hat recht lange gedauert, bis wir überhaupt entziffern konnten, was sie aufschrieb." Der Pfleger schaute sich die Zahlen genauer an. „502032 64437 - Es ist ja immer die gleiche Zahlenfolge. Hat sie nie etwas anderes aufgeschrieben? Oder den Kontakt zu den Pflegern aufgenommen?" – „Nein, nie. Man muss sich das mal vorstellen, Frau Düster war früher einer der hellsten Köpfe bei der Frankfurter Kripo. Sie leitete zunächst die Mordkommission und später den Bereich, der sich mit internationaler Geldwäsche beschäftigt. Mitten in einem Einsatz bekam sie plötzlich den Schlaganfall. Es war wohl für alle ein Schock, zumal sie ganz nah dran waren, einen Geldwäscherring auffliegen zu lassen. Aber sie hatte sich nie Notizen gemacht. Keiner der Kollegen konnte später nachvollziehen, woran sie konkret gearbeitet hatte und welche Spuren sie verfolgte. Im ersten Jahr war fast jede Woche einer der Kollegen bei ihr.

Ich vermute, die hatten immer noch die Hoffnung, dass sie eines Tages einfach aufwacht und dort weitermacht, wo sie aufgehört hatte. Doch das war leider vergebliche Hoffnung. Der Schlaganfall hat zu viele Gehirnareale zerstört" „Ja, aber die Zahlen? Das könnte doch Bedeutung haben?" – „Wir haben sie natürlich an die Kripo weitergeleitet. Ihr Kollege vermutete, es könne sich um Telefonnummern handeln. In Frankfurt war eine der Nummern verzeichnet – eine türkische Änderungsschneiderei. Man hat den Besitzer durchleuchtet, die Steuerfahndung wurde eingeschaltet – man vermutete hier die Zentrale des Geldwäscherrings. Anscheinend hat das alles aber nichts gebracht. Der Besitzer - ein Türke, der übrigens schon in zweiter Generation in Deutschland lebte - war so verzweifelt über die Ermittlungen, dass er den Laden geschlossen und das Land verlassen hat. Dabei sprach er anscheinend noch nicht mal türkisch. – So, jetzt müssen wir aber weiterkommen, ich habe nur noch eine halbe Stunde für Sie." Beide verließen den Aufenthaltsraum. Frau Düster schrieb weiter an ihrer Zahlenfolge. Das Blatt war schon fast wieder voll.

Nun arbeitete Bernd schon sechs Monate in der Pflegeeinrichtung. Der Job war anstrengend, aber auch sehr befriedi-

644375

gend. Die Kollegen waren größtenteils ganz in Ordnung und die Pflegedienstleiterin schätzte ihn. Jetzt endlich war die Zeit gekommen, ein paar Tage Urlaub zu machen. Er hatte sich schon darauf gefreut, denn nun konnte er seinem Hobby nachgehen. Er war der Regionalvorsitzende des Hessener Geocaching Clubs und verantwortlich für die Organisation des nächsten Jahresevents. Da hatte er sich etwas ganz besonderes ausgedacht. Normalerweise fuhr seine Gruppe meist in den Taunus, doch diesmal sollte es in die Eifel gehen. Ein Freund hatte ihm kürzlich von der Vulkan- und Dolomitlandschaft vorgeschwärmt. In diesem Urlaub wollte er die Gegend erkunden und ein besonders gelungenes Versteck anlegen. Eine gut gefüllte Tupperdose hatte er dabei. Der Inhalt: 15 Eifel-Sticker, drei kleine Flaschen Eifel-Zwerg zum Anstoßen und natürlich ein Logbuch, in das sich die Sucher eintragen konnten. Er folgte bereits seit 30 Minuten einem Waldweg – jetzt wurde es Zeit, ins Gelände einzusteigen. Regelmäßig kontrollierte er am GPS-Gerät seinen Standpunkt und notierte sich auch interessante Landmarken in einem Heft. Schließlich wollte er das Versteck wiederfinden. Es war ihm einmal passiert, dass er sich auf sein Gedächtnis verlassen und zwei Zahlen in der Positionsbestimmung vertauscht hatte. Das Gelächter seiner Kumpel hallte ihm heute noch in den Ohren. Das würde ihm diesmal nicht passieren. Komisch, beim Notieren des Längen- und Breitengrads kamen im die Zahlen seltsam bekannt vor. Es war fast die gleiche Zahlenfolge, die Frau Düster immer aufschrieb. Die kannte er inzwischen auswendig, nachdem er mal zwei Stunden damit verbracht hatte, die Einrichtung ihres Zimmers zu schrubben – er hatte völlig vergessen, Papier nachzulegen. Diese Zahlenfolge – wenn man die Zeichen für Grad und Minuten ergänzen würde - wäre eine Position ganz in der Nähe. Ja, das wäre doch passend. Die Zahlen würde er bestimmt nicht vergessen und falls doch, könnte er ja Frau Düster fragen. Er grinste und machte sich auf, um die Position aufzusuchen. So gelangte er auf eine kleine Lichtung im Buchenwald, Dolomitfelsen ragten steil am hinteren Ende auf. Ein Eichelhäher schrie seine Warnung. Das Buchenlaub bedeckte die Erde wie ein Teppich und leuchtete in der durchscheinenden Sonne. Na, das war doch wirklich schön

hier. Im lichten Baumschatten konnte man auch gleich picknicken. Jetzt galt es nur noch, ein geeignetes Versteck zu finden. Er holte seine Handschuhe heraus, die er immer dabei hatte, und machte sich an die Arbeit. Hier unter einem alten Baumstamm war doch ein schöner Platz! Noch einmal kontrollierte er die Positionsdaten – ja, exakt die Zahlenfolge von Frau Düster. Er würde ein Foto von diesem Platz machen und ihn ihr zeigen. Vielleicht löste das ja bei ihr eine Reaktion aus. Tatkräftig begann er, das Laub beiseite zu schieben, um eine Versteckhöhle für die Tupperdose schaffen. Sie sollte schließlich nicht so leicht zu entdecken sein. Eine Schatzsuche hatte nur dann ihren Reiz, wenn es auch ein wenig mühselig wurde. Mit den Händen hob er noch ein wenig Erde aus dem Loch. Dabei stieß er auf einen Widerstand. Wahrscheinlich ein Stein. Er fegte das Laub weg – und blickte auf einen zwar völlig vermoderten, aber doch deutlich erkennbaren Unterkieferknochen mit gar nicht mal so schlechten Zähnen. Du lieber Gott! Das Adrenalin schoss durch seinen Körper. Fieberhaft fegte der das Laub beiseite und grub vorsichtig mit den Händen um den Fund herum. Ja, hier lag definitiv ein menschlicher Schädel. Das wäre mal ein Geo-Cache für unser Jahresevent schoss es ihm – völlig unpassend – durch den Kopf. Dann klärten sich langsam wieder seine Gedanken. Er musste die Polizei informieren. Das könnte hier ein Tatort sein. Wozu schaute man schließlich dreimal die Woche CSI? Vorsichtig erhob er sich und griff nach seinem Handy. Natürlich kein Empfang. Er ging zurück zum Waldrand und informierte die örtliche Polizei. Die Koordinaten hatte er ja im Kopf. Eine Woche später besuchte Kriminalkommissar Walter Erhard das Pflegeheim und bedankte sich bei Bernd für seine Unterstützung. Doch das hatte ihn eigentlich nicht her geführt. Er war der Assistent von Frau Düster bei der Mordkommission gewesen. „Die Koordinaten waren der Fundort. Wir fanden dort die Überreste von fünf Frauenleichen vergraben – die älteste lag dort seit acht Jahren, die jüngste wurde erst vor drei Monaten vergraben - alles vermisste Frauen aus dem Milieu. Frau Düster hatte lange an dem Fall gearbeitet und es war ihr schwer gefallen, dieses Verbrechen liegenlassen zu müssen, als sie in die Geldwäsche-Abteilung wechselte. Sie

644375

hatte damals schon vermutet, dass es sich um einen Serienmörder handeln könnte. Wir haben das leider nicht so ganz ernst genommen. Jetzt werden wir natürlich auf Hochtouren nach dem Täter suchen. Die Spuren an der Fundstelle sind recht aufschlussreich." Er ging zum Tisch von Frau Düster, die Zahl um Zahl mit zittriger Hand auf das Papier malte. Langsam schob er ihr die Tatort-Fotos der fünf Leichen hin. Es dauerte eine Weile, bis sie die Veränderung zur Kenntnis nahm. Der Stift fiel aus ihrer Hand, das linke, noch offene Auge schloss sich und sie kippte leicht zur Seite. Es schien, als würde ein leichter Anflug von Erleichterung über die nicht gelähmte Gesichtshälfte ziehen, doch der Eindruck war so flüchtig, dass niemand das hätte beschwören wollen. So saß sie noch dort, als sich Walter Erhard verabschiedete. Die Pflegedienstleiterin war völlig konsterniert. „Um Himmels willen, da haben wir etwas übersehen. Ich spreche heute noch mit ihrem Arzt. Er hatte keine Hoffnung auf Besserung. Doch Frau Düster wird jetzt ihre Reha bekommen!"

Sie saßen im Nebenabteil – ein Ehepaar. Sie um die dreißig, eigentlich ganz hübsch mit ihren dunklen Haaren und dem herzförmigen Gesicht. Die Wangen waren leicht gerötet und sie schaute unternehmungslustig umher. Er war deutlich älter als sie. Eher ein ruhiger Vertreter. Schweigend beobachtete er die Menschen, die sich durch die Gänge schoben auf der Suche nach einem freien Sitzplatz. Platzkarten gab es nicht, sondern man hatte in den alten Abteilen des Dampflokzugs die freie Sitzplatzwahl zwischen Polster- und Holzklasse. Da musste man sich natürlich erst einmal genau anschauen, wo noch Platz war und ob es vielleicht am anderen Ende des Zugs nicht noch einen schöneren Sitz geben könnte. Und damit fing der Ärger auch schon an. Denn nicht jeder war so höflich, die Tür des Abteils wieder zu schließen. Draußen war es kalt und so zog ein rauer Luftzug durch die offen stehende Tür. Aus dem Nebenabteil schossen die ersten Beschwerden: „Unmöglich!" – „Haben die denn keine Kinderstube?" – „Halten die Zuhause auch immer die Tür auf?" Und nach jedem Kommentar stand die junge Frau auf und warf die Abteiltür zu. So, jetzt hatte auch jeder gemerkt, wie sie die offene Tür störte. Gebracht hat das natürlich nichts. Die Leute waren ja schon ein Abteil weiter. Ihr Mann zuckte nur mit den Schultern und sagte nichts dazu. Wir zuckten bei jedem Türwurf mit. Endlich fuhr der Zug los und es kam ein wenig Ruhe ins Abteil. Doch damit war es bald vorbei. Denn jetzt kam ein Mann mittleren Alters in unser Abteil und zündete sich eine Zigarette an. Im Nichtraucherzug! Damit uns der Qualm nicht so störte, stellte er sich ans offene Fenster. Oh, oh, oh, es wurde schnell klar, dass das nicht geht! Aus dem Nebenabteil erscholl das erste „Tsss! Was für eine Rücksichtslosigkeit!" Na, prächtig, jetzt geht das Schauspiel weiter. Der Appell an ihren Ehemann, etwas zu unternehmen, fruchtete nicht. Er verzog nur schmerzlich das Gesicht: „Gib doch Ruh!" Kurzentschlossen stand das kleine resolute Püppchen auf und verlangte von dem Mann ziemlich deutlich, die Zigarette auszumachen und das Fenster zu schließen. Er war unverständig und unverschämt. So entspann sich schnell eine Streiterei, in die auch der vorbei eilende Schaffner einbezogen wurde. Naja, irgendwann hörten wir auf, uns um das Schauspiel zu kümmern... Interessanter war die Fortsetzung. Als wir in Köln ankamen, war das Gedränge am Bahnsteig groß. Die Leute, die ausstiegen, schoben sich zwischen die Leute, die dringend einsteigen wollten. Auch am anderen Gleis standen die Menschen schon, um den gleich einfahrenden ICE zu entern. Und da konnte ich es beobachten: Die junge Frau stand noch am Bahnsteig und vor ihr stand am Gleis 3 der Mann aus dem Abteil. Gerade lief der ICE ein und so war seine Aufmerksamkeit ganz darauf gerichtet. Ein Lächeln umspielte das Gesicht der jungen Frau und im Vorbeigehen – ein kleiner Hüftschwung – und schon stürzte der Mann vom Bahnsteig auf die Gleise. Den Rest bekam sie gar nicht mehr mit, denn mit zufriedenem Gesicht ging sie forsch zur Treppe, um den Bahnsteig zu verlassen. Man sah es ihr an, es ging ihr richtig gut. Niemand hatte die kleine Attacke bemerkt, denn alle waren so mit sich und den Zügen beschäftigt. Erst der Aufschrei der Menge zeigte, dass sich das Drama wirklich gerade abspielte. Nur ich hatte sie beobachtet ... und ihr Mann, der ihr mit resigniertem Blick folgte. Alle stürmten zur Bahnsteigkante, nur ich lief nach einer kurzen Schockstarre den beiden hinterher, um sie zur Rede zu stellen. Doch dazu kam es nicht mehr. Sie lag am Fuß der Treppe, den Hals in unnatürlichem Winkel verbogen. Der Ehemann stand oben und schaute zu ihr hinunter.

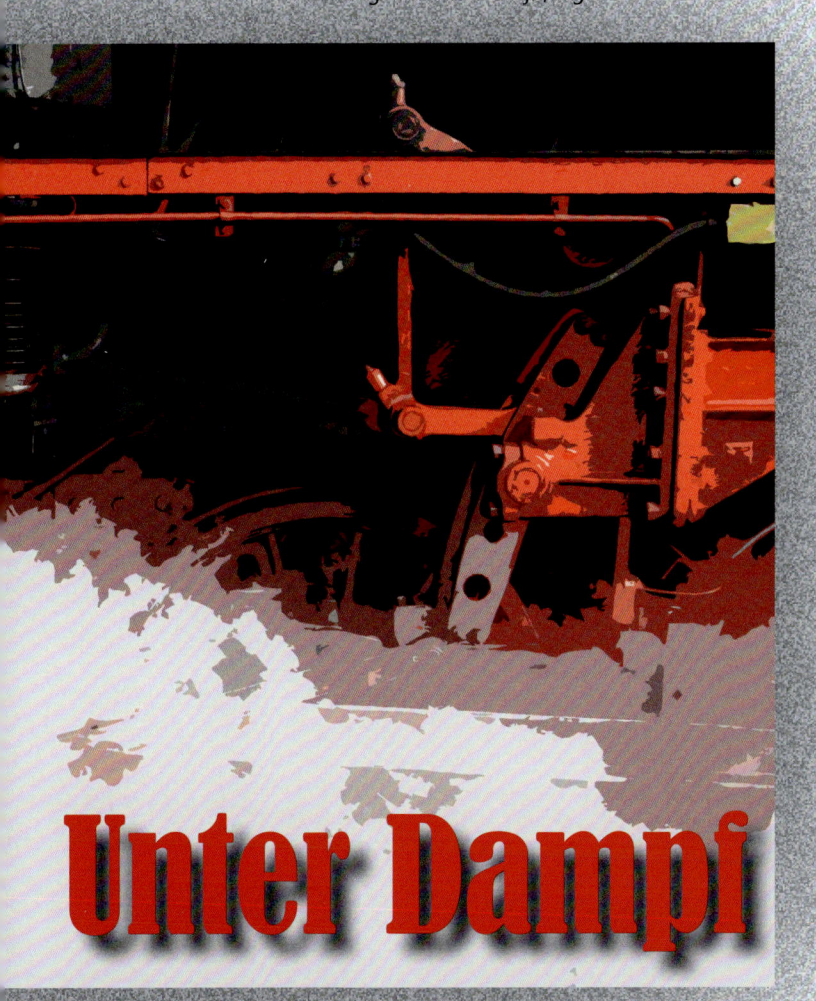

Ich kann es nicht beweisen, aber ich glaube fest daran, dass er sie gestoßen hat. Sein Blick wirkte so gelassen.

Unter Dampf

... mit herber Note

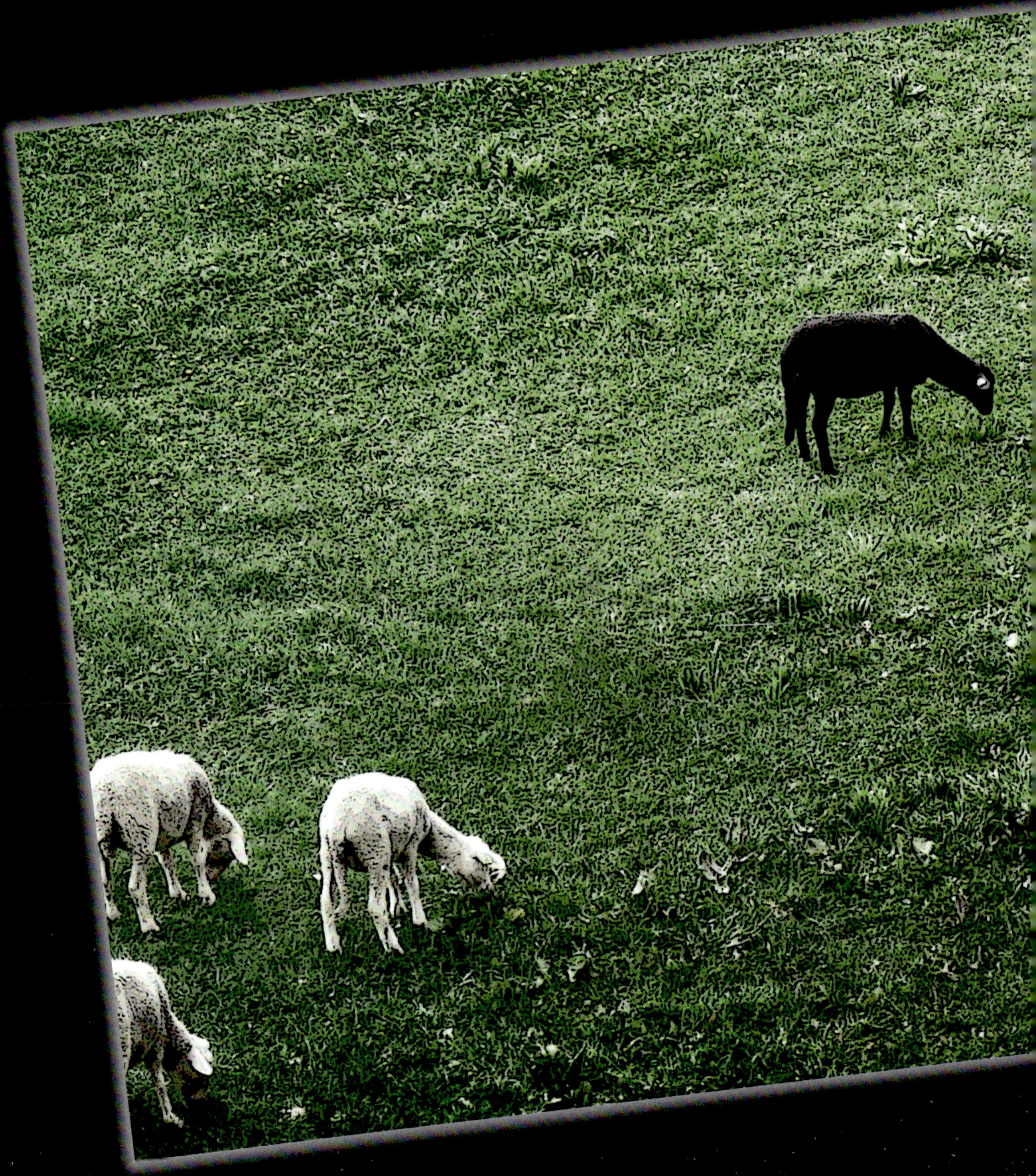

Persona non grata

Begonnen hatte es vor rund acht Wochen beim jährlichen Sommerfest. Seit diesem Tag verfolgte ihn seine Chefin Elvira Fröhlich – selten war ein Name so unpassend – mit Argwohn und schikanierte ihn, wo sie nur konnte...

Jetzt hatte sie ihm, der schon seit 16 Jahren im Unternehmen war und mehrere Projekte erfolgreich geleitet hatte, ein völlig simples Teilprojekt unter der Leitung von Manfred Müller aufs Auge gedrückt. Ausgerechnet Manfred Müller. Der war zwölf Jahre jünger als er und schon bei seiner Einstellung eine Flachpfeife. Ein typischer Blender, nach unten treten und nach oben kuschen, immer schön so tun als ob und dabei doof wie Brot. Klar, Müller war groß, schlank und recht gut aussehend. Doch seit wann wurde man hier fürs Aussehen bezahlt? Bisher war er einer Konfrontation mit Müller aus dem Weg gegangen, obwohl der ihm in einem Projekt richtig Ärger eingehandelt hatte: Termine nicht eingehalten, natürlich ohne Rückmeldung. Und bei den Statusgesprächen immer patzig! Aber das kennt man ja. Solche Typen gibt es in jedem Unternehmen! Und wenn der Typ dann noch der Favorit der Chefin ist, tut man gut daran, sich zurückzuhalten. Er fand es richtig ekelhaft, wie sich Müller bei Fröhlich einschleimte. Das war nicht seins. Er war der ruhige Typ, eher ein bisschen muffelig, wie seine Frau immer sagte. Dafür konnte er aber was! Und seine Projekte waren immer voll in time, budget und quality. So wie es sich gehörte. Dafür wurde man schließlich bezahlt. Und nicht fürs Blenden. Beim Sommerfest hatte sich Müller an die kleine Azubiene rangemacht. Lisa war erst 17 und ein bisschen schüchtern. Die Avancen von Müller, ihrem Ausbilder, waren ihr sichtlich peinlich und sie wusste kaum, wie sie sich seiner Aufmerksamkeit entziehen konnte. Da war er dazwischen gegangen, hatte Müller zurückgezogen und ihn lauthals als „arschkriechendes Oberarschloch" bezeichnet. Gut, er hatte auch schon einige Bierchen intus und die Beherrschung verloren. Aber es stimmte ja schließlich und er hatte durchaus bemerken können, dass rund um ihn herum seine Äußerung positive Resonanz fand. Da hatte er wohl in Worte gefasst, was so einigen auf der Zunge lag. Leider nicht allen. Schon gar nicht Elvira Fröhlich, die direkt hinter ihm stand und sich völlig klar darüber war, dass es beim Arschkriechen um ihren Arsch ging. Mann, war die sauer. „Moritz, Sie haben genug. Gehen Sie nach Hause und belästigen Sie die Kollegen nicht", hatte sie ihn von oben herab abgekanzelt und wie ein Kleinkind weg geschickt. Und er war so verschreckt, dass er tatsächlich gegangen war. Darüber ärgerte er sich im Nachhinein noch mehr als über den Platzverweis.

Denn jetzt hatte sie Oberwasser. Seit diesem Tag hatte sie ihm systematisch alle wichtigen Aufgaben entzogen, ihn konsequent von Informationen abgeschnitten. Bat er um ein Gespräch, ließ sie ihn warten, um dann nach 30 Minuten durch die Assistentin ausrichten zu lassen, dass etwas Dringendes dazwischen gekommen war. Mails ignorierte sie und telefonisch kam er gar nicht an sie heran. Er hatte nun auch mitbekommen, dass er von einigen Verteilerlisten gestrichen wurde, und die letzte Projektleiterbesprechung fand ohne ihn statt. Gerade mal das Protokoll wurde ihm zugeschickt. Nicht wenige Kollegen mieden ihn inzwischen in der Kantine, als hätte er die Krätze. Und jetzt – der Gipfel – dieses merkwürdige Dokumentationsprojekt. So etwas machten normalerweise die Neueinsteiger, um sich einzuarbeiten. Selbst Praktikanten hatte man hier eingesetzt. Jetzt sollte er das machen? Mit einem Doktortitel in Informatik? Mit insgesamt 28 Jahren Berufserfahrung? Zudem hasste er Dokumentation und das wusste Fröhlich. Wie hieß es doch so treffend: „Gewalt ist männlich, Gemeinheit ist weiblich!" Ja, Fröhlich war eine Frau. Definitiv gemein! Und er hasste sie... und er hasste Müller. Unter dem würde er auf keinen Fall arbeiten. Er wusste schon im Voraus, wie das ablief. Auf keinen Fall. Doch würde er sich weigern, könnte er mit einer Abmahnung rechnen. Fröhlich wollte ihn raus ekeln. Das war pures Mobbing! Doch er war kein Opfer, er nicht!

Sie würden schon sehen, was sie davon haben. „Wer Wind sät, erntet den Sturm!" Noch hatte er die Administratorenrechte für den Kundenserver. Die dämliche Fröhlich hatte nämlich nicht darauf geachtet, die Freigaben seinem neuen Status als persona non grata anzupassen. Böser Fehler! Natürlich würde er die Daten nicht einfach löschen. Wozu gab es Sicherungskopien und Cloud Computing? Nein. Ein kleiner aber effektiver Virus würde in einigen Stunden seine Arbeit aufnehmen und Daten verändern. Die Veränderungen machten sich erst in einiger Zeit negativ bemerkbar – dann wäre es zu spät. Er selbst wäre dann schon nicht mehr in der Firma. Er würde sich morgen erst einmal einen Krankenschein holen. So eine Burnout-Diagnose bekam man ja heutzutage bei jedem Feld-, Wald- und Wiesenarzt. Jetzt musste er nur noch seine privaten Rechnungen mit Fröhlich und Müller begleichen. Nicht nur die NSA konnte überwachen. Es war ein recht simpler Hack gewesen, Mikrofon und Kamera bei Fröhlichs Computer unbemerkt zu aktivieren und die Daten zu speichern. Eigentlich hatte er nur wissen wollen, was Fröhlich weiter mit ihm plant. Doch es war ein schöner Nebeneffekt gewesen, dass er die beiden dabei beobachten konnte, wie sie ein Nümmerchen auf dem Schreibtisch schoben. Die Datei würde er von Müllers Rechner aus bei Youtube hochladen. Er war schon sehr auf die Resonanz gespannt. Und jetzt würde er in die Tiefgarage gehen, auf dem Weg Müllers Z4 – auch so ein Blenderauto – mit dem Schlüssel ein schickes Tattoo verpassen und sich in sein Auto setzen. Und dann würde er warten. Auf Elvira Fröhlich. Darüber hinaus hatte er keine Pläne...

Ein Freund...

Friedhof, jetzt: Die ersten Krokusse blühen in der Wiese. Bedächtig setzt er einen Fuß vor den anderen, um die zarten Blüten nicht zu zertreten. Langsam nähert Joachim sich dem offenen Grab. Der Beerdigung selbst ist er ferngeblieben, aber es ist ihm wichtig, noch einen Blick auf den Sarg zu werfen: Eiche rustikal mit goldenen Messingbeschlägen. Er schaut versonnen in das Loch in der Erde. Erleichterung, Trauer und Wut mischen sich zu einem Konglomerat von Emotionen, der Rücken verspannt sich und der Atem stockt.

Rückblick: Erst vor wenigen Wochen hatte er bereits an einem Grab gestanden. Nach schwerer Krankheit war seine Mutter dem Krebs erlegen, gegen den sie fast vier Jahre gekämpft hatte. Er hatte sich extra unbezahlten Urlaub genommen, um sie in ihren letzten Tagen begleiten zu können, denn es war klar, dass sie sich nicht mehr erholen würde. So schwach sie bereits war, genoss sie seine Nähe und erzählte viel von früher, als er noch ein kleiner Junge war. Damals war er fast täglich mit Rolf zusammen, seinem besten Freund. Der hatte ihn gemeinsam mit anderen Schulkameraden monatelang auf dem Schulweg drangsaliert. Doch irgendwann hatte sich das geändert. Was der Auslöser war – keine Ahnung! Auf jeden Fall nahm ihn der große, leicht übergewichtige Rolf dann unter seine Fittiche und beschützte ihn vor den Nachstellungen der Mitschüler. Daraus entwickelte sich eine Freundschaft, die über die Schulzeit hinaus gehalten hatte. Rolf lieh ihm das Geld für sein erstes Auto, besorgte ihm einen Job im Supermarkt und war sogar sein Trauzeuge. Die Ehe hatte allerdings nicht lange gehalten. Mutter hatte Rolf nie gemocht und so froh sie war, dass er nicht mehr von Rolf gemobbt wurde, so sehr ärgerte sie sich später über die Freundschaft. Jetzt hatte sie ihm endlich erzählt, warum sie von Rolf nicht viel hielt. Er dachte, es hätte daran gelegen, dass Rolf nicht nur legale Geschäfte machte. Aber der Grund war ein ganz anderer: Sie war es gewesen, die Rolf in den ersten Jahren ihrer Freundschaft wöchentlich eine Mark gegeben hatte, damit er ihn nicht weiter quäle. Er nannte es „Schutzgeld". Und später erhöhte sich das Schutzgeld immer weiter, weil damit auch die Drohung verbunden wurde, Joachim von dem „kleinen Arrangement" zu erzählen. Seine Mutter wusste, wie viel ihm die Freundschaft inzwischen bedeutete – und zahlte. Nach ihrem Tod prüfte er ihre Kontoauszüge. Tatsächlich: Die „Schutzgeldzahlungen" hatten nie aufgehört. Jeden Monat hatte sie Rolf von ihrer kleinen Rente 80 Euro überwiesen. Anscheinend hatte sie Sorgen, dass er seinen Job verlieren würde, wenn Rolf nicht mehr

EIN GUTER FREUND ?

seine schützende Hand über ihn hielt. Joachim war so sauer, dass er Rolf am liebsten direkt zu Rede gestellt hätte. Aber es war immer noch so, dass Rolf rund 30 Kilo schwerer und 15 Zentimeter größer war als er. Und sein Job hing an einem seidenen Faden, denn – nun ja, er war nun mal keine große Leuchte und oft fiel es ihm schwer, sich Dinge zu merken. Nach dem Tod seiner Mutter blieb er noch einige Tage im Dorf, um das Haus zu räumen und mit sich zu hadern, wie er mit Rolf umgehen sollte. Sie trafen sich täglich in der Dorfkneipe, aber er hatte sich nicht getraut, ihn auf das Schutzgeld anzusprechen. Am Mittwochnachmittag – ein Tag vor seiner Abreise – spazierte er ein letzte Mal durch den Wald. Der Boden war teilweise noch vereist, aber die Sonne zeigte sich und schickte einen Hauch von Frühling übers Land. Als der Weg eine Biegung machte, sah er einen Mann am Boden liegen. Es war Rolf. Anscheinend war er ausgerutscht und hatte sich den Kopf an einem Stein aufgeschlagen. Stöhnend lag er da, die Augen geschlossen. Joachim näherte sich leise. Dies war die Gelegenheit. Er hob den Stein auf und schlug Rolf damit den Schädel ein: „Ich brauche deinen Schutz nicht mehr!" Man fand Rolf erst einige Tage später, ein Wetterumschwung hatte dafür gesorgt, dass die meisten Wanderer zuhause blieben. Als man ihn fand, hatten sich bereits einige Waldbewohner an ihm gütlich getan. Man erkannte auf Unfalltod.

Er steht vor dem Grab. Das letzte Stöhnen von Rolf geht nicht aus seinem Kopf, es verfolgt ihn, nachts, bis in den Schlaf, der nicht mehr kommen will. Noch nie hat er sich so einsam gefühlt und doch ist er nie allein. Erinnerungen quälen ihn, Erinnerungen an zwei Jungs, an gemeinsame Erlebnisse und Streiche. Nie hat er sich so sicher und beschützt gefühlt, wie damals. Er hat mehr verloren als nur Schutz. Er hat seinen besten und einzigen Freund getötet. Die Tränen laufen über sein Gesicht.

Ausblick: Morgen wird die Testamentseröffnung sein. Dort wird ihm ein Brief übergeben werden, den Rolf zwei Tage nach dem Tod von Joachims Mutter beim Notar hinterlegt hat. In diesem Brief bezeichnet ihn Rolf als seinen einzigen und echten Freund. Joachim wird dort lesen, dass Rolf die „Schutzgeldzahlungen" gesteht und sich dafür entschuldigt. Die komplette Geldsumme habe er in den letzten Jahren mit Zins und Zinseszins in Gold angelegt und auf den Namen seines Freundes bei der Bank hinterlegt. Dieses Wissen gepaart mit seiner Schuld wird Joachim in den Abgrund der Verzweiflung reißen.

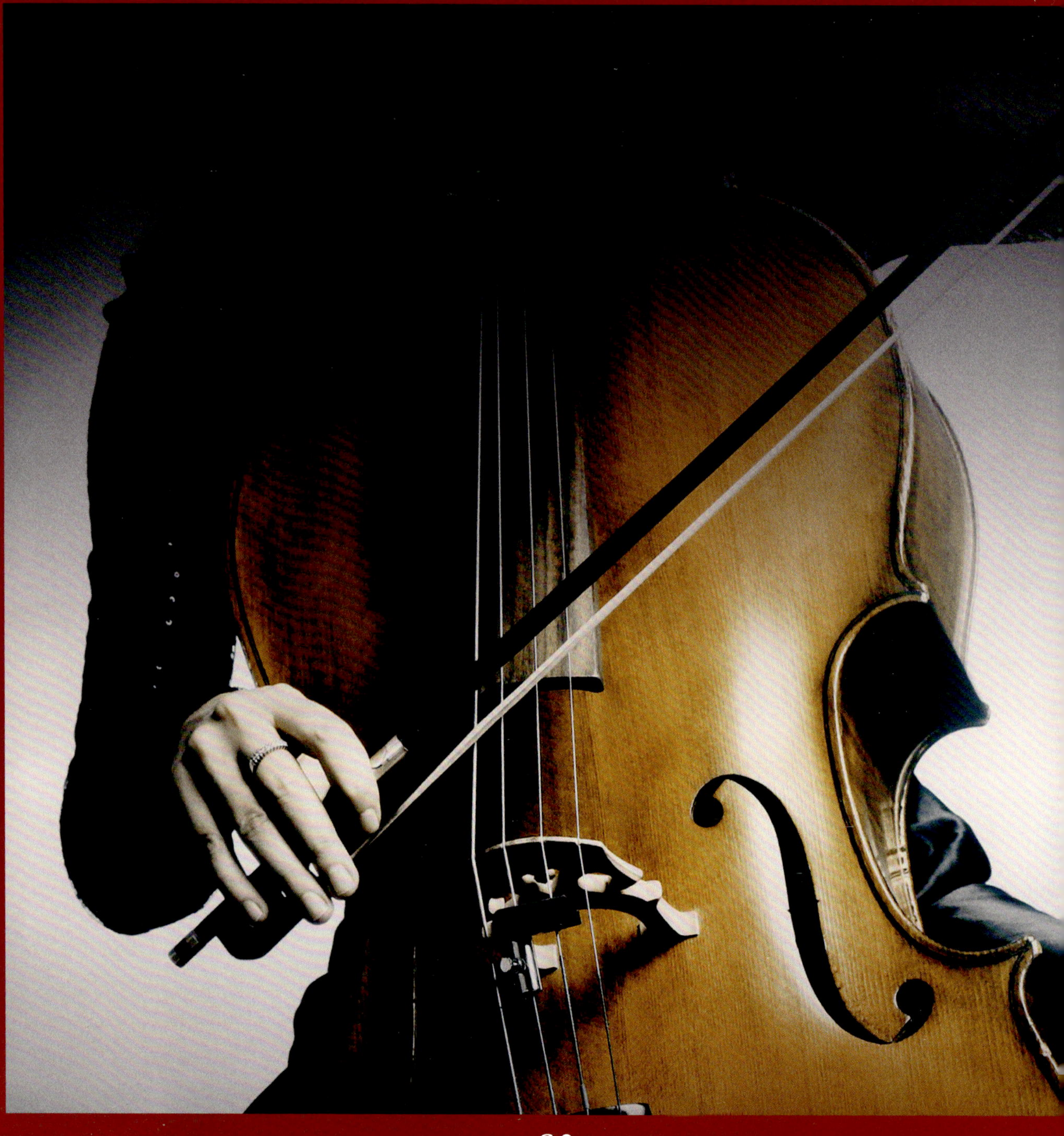

Kindertotenlieder

Sie hatte sich ganz eng zusammen gerollt. Trotzdem klapperten ihr vor Kälte die Zähne und sie zitterte am ganzen Körper. Doch das war ihr egal. Nur nichts mehr hören müssen. Seit Monaten verfolgten sie die Töne, kreischende Musikfetzen in immer wechselnden Lautstärken. Und jetzt hatten sie sich zu einer Kakophonie von Klangcollagen entwickelt, die ihr fast das Bewusstsein raubte. Seit Stunden quälte sie der unbeschreibliche Lärm in ihrem Kopf. Und sie wusste – es würde nie mehr aufhören…

Begonnen hatte es schon vor einiger Zeit. Schleichend, fast unmerklich. Erst Ende letzten Jahres war Katja in die Eifel gezogen und wohnte nun mit ihrem Mann in Ahütte „im Schatten der Burg", wie sie die Türme des Zement-Werks anfangs spöttisch genannt hatte. Schon nach einigen Tagen begann sie die Tal-Lage und der überall vorhandene Staub zu bedrücken. Doch Johann meinte, sie sollten erst einmal im Haus der Schwiegereltern die Geburt des Kindes abwarten und dann in aller Ruhe nach einem eigenen Haus schauen. Sie wusste schon, dass sie auf jeden Fall auf einem Hügel wohnen würde mit soviel Aussicht wie möglich. Zwischenzeitlich wollte sie ihre Schwangerschaft genießen und sich von der Schwiegermutter betütteln lassen – eine zierliche kleine, unglaublich nette Frau, die unsagbar stolz war auf ihre Schwiegertochter, die im Kölner philharmonischen Orchester als Solo-Cellistin spielte.

Das Cello hatte sie nun schon seit Wochen nicht mehr angerührt. Damit hatte es begonnen. Während einer Übungsstunde war ihr aufgefallen, dass sich ein unpassender Ton in das Spiel eingeschlichen hatte. Erst nachdem sie die Passage mehrfach wiederholte, stellte sie fest, dass der Ton in ihrem Kopf war. Jetzt hatte sie also auch der Tinnitus erwischt, fast eine Berufskrankheit bei Musikern. Sie pausierte sofort, gönnte sich Ruhe und suchte in Köln einen Facharzt auf. Der machte ihr Mut: Stress durch den Umzug und die Schwangerschaft, sie solle sich schonen, ihre Aufmerksamkeit anders fokussieren etc. Kurzfristig war es besser geworden, aber seit der Geburt hatte sich alles verschlimmert. Sie liebte ihre kleine Tochter Julia abgöttisch und hatte sich gemeinsam mit Johann total gefreut. Doch schon nach wenigen Tagen stellte sich heraus, dass Julia ein „Schreikind" war. Sie schrie gefühlte 18 Stunden am Tag.

Johann spielte das Problem herunter: „Das wächst sich aus. Warte mal einen Monat ab. Dann wird sie durchschlafen." Aber er hatte gut reden. Er arbeitete weiter als Repetitor an der Musikhochschule Köln und war rund 14 Stunden am Tag unterwegs. Ulla, ihre Schwiegermutter, hatte sie manchmal entlastet und ihr Julia nachmittags für zwei bis drei Stunden abgenommen. Aber letzte Woche hatte sie einen schweren Schlaganfall bekommen und lag jetzt im Gerolsteiner Krankenhaus. Keiner wusste, ob sie überhaupt jemals wieder fit werden würde. Sie versuchte, Ulla täglich zu besuchen, aber mit der schreienden Julia war es fast unmöglich. Sie hatte sogar schon überlegt, ob sie dem Kind für diese Zeit nicht ein Schlafmittel geben sollte.

Ihr Tinnitus hatte sich durch den Stress komplett verschlimmert. Zwischendurch schoben sich jetzt immer wieder Klangfetzen von Musikstücken in ihren Kopf. Sie war schon mehrfach aufgestanden, um das Radio aus-

Musikalische Halluzinationen

Der Neurologe Oliver Sacks beschreibt in seinem Buch „Der einarmige Pianist" die besonderen Formen von neurologischen Störungen im auditiven und musikalischen Bereich. Akustische und musikalische Halluzinationen treten nur in sehr seltenen Fällen auf, sind aber ausgesprochen belastend. Jeder kennt wohl das „Ohrwurm-Phänomen" - man bekommt ein bestimmtes Musikstück nicht aus dem Kopf. Musikalische Halluzinationen sind ähnlich, jedoch möglicherweise viel lauter und dauern über einen langen Zeitraum. Es ist nicht immer Musik, sondern auch starker Lärm, den der Betreffende dann ständig hört. Der „klassische" Fall ist der Tinnitus.

zuschalten, nur um festzustellen, dass das Radio gar nicht eingeschaltet war. Manchmal hatte sie Angst, verrückt zu werden. An Cello-Üben war gar nicht mehr zu denken, denn inzwischen reagierte sie fast panisch auf Musik. Sobald sie eine Melodie hörte oder spielte, sprang sofort das Tonband in ihrem Kopf an und wie ein Endlosband spielte die Musik in ihrem Kopf dann immer wieder die gehörte Melodie. Stundenlang, nächtelang, manchmal tagelang, ohne Pause. Sie konnte sich kaum noch auf Gespräche konzentrieren. Johann war das auch schon aufgefallen, doch sie hatte Angst, ihm von ihren musikalischen Halluzinationen zu erzählen. Seit neustem funktionierte auch das Geschrei von Julia als Auslöser für den Lärm in ihrem Kopf. Sie konnte sich kaum noch auf das Kind konzentrieren, es trösten, wenn es wieder weinte. Der Lärm war unausweichlich. Und ihre Umgebung reagierte mit Unverständnis auf ihre Nöte. Ihr Vater, ein ausgebildeter Sänger, war sogar stolz auf seine schreiende Enkelin: „Das weitet die Lungen. Die Kleine wird bestimmt auch mal eine tolle Sängerin. Lass sie nur schreien. Das tut ihr gut." Aber Katja tat es nicht gut. Sie fühlte sich völlig überfordert und allein gelassen. Und eben erst war es besonders schlimm gewesen. Nachdem Julia bereits den ganzen Vormittag gegreint hatte, war sie endlich eingeschlafen. So hatte auch sie sich einige Minuten hinlegen können. Und nach einer Weile war sogar der Lärm in ihrem Kopf ruhiger geworden und hatte sich zu einem ruhigen Grundton verdichtet. Anscheinend war sie einige Minuten eingeschlafen. Denn plötzlich war das Grauen in ihrem Kopf: Schrille Töne in abschwellenden Lautstärken, disharmonisch und grell, eine Kakophonie von Klangfetzen – und darüber das schrille Schreien von Julia, atemlos und herzzerreißend. Sie konnte es nicht mehr aushalten, stürzte zur Wiege und schüttelte Julia, bis sie endlich still war. So still. Der Lärm ließ langsam nach, eine Melodie kristallisierte sich heraus. Jetzt merkte sie, dass etwas nicht in Ordnung war. Ganz und gar nicht in Ordnung. Und ihre Erleichterung wich der Panik. Das Kind rührte sich überhaupt nicht mehr. Eilig tastete sie den Körper ab, hörte auf eine Atmung, versuchte eine unbeholfene Wiederbelebung ihrer kleinen Tochter. Es dauerte eine Weile, bis sie realisierte, dass Julia tot war. Tot. Und sie war schuld – sie hatte es getan. Eine Welle der Verzweiflung übermannte sie – die Musik in ihrem Kopf nahm an Lautstärke zu, eine immer gleiche tragische Melodie, bekannt und doch so fremd. Sie begann zu schreien, schrie immer lauter, um das Rauschen im Kopf zu übertönen. Doch sie hatte keine Chance. Verzweifelt blickte sie um sich – sie musste hier raus, einfach raus, egal wohin. In Panik stürzte sie aus dem Haus, den Waldweg entlang, durchs Gebüsch. Es hatte geschneit und mehrfach rutschte sie aus. Schnee stob in ihre Haare. Doch sie spürte nichts davon. Sie wollte nur weg. Weg von zuhause, weg von dem toten Kind und den Erinnerungen, weg von der Musik, weg aus ihrem Leben. Sie kam am Wasserfall Dreimühlen vorbei. Hier war sie während ihrer Schwangerschaft gerne hin spaziert. Das ruhige Plätschern des Wassers hatte eine beruhigende Wirkung auf sie gehabt und hatte teilweise sogar den Tinnitus vergessen lassen. Doch heute war es anders. Mit ihrem übersensiblen Sinn war das Wasserrauschen wie ein Überfall auf ihr Gehör. Es vermischte sich mit der Musik, verstärkte sie, verstörte sie, bis sie glaubte, es nicht mehr ertragen zu können. Sie hielt sich die Ohren zu und ein Stöhnen entrang sich ihrer Kehle. Weiter. Sie sah eine kleine quadratische Höhlenöffnung im Hang. Sie kroch hinein, wie sich ein Tier in großer Not verkriecht. Hier könnte sie sich erst einmal vergraben, würde vielleicht vor den Geräuschen im Kopf weglaufen können. Die Kälte störte sie nicht, sie wusste, sie würde nie mehr Wärme empfinden können. Ihr Kopf schien zu platzen...

Man fand Katja bereits nach einigen Stunden. Johann, der völlig verzweifelte Johann, kannte ihre Vorliebe für den Wasserfall und hatte die Polizei auf die richtige Fährte gebracht. Völlig durchgefroren lag sie da; zusammengerollt, fast bewusstlos, summte sie eine leise Melodie. Sie wurde direkt in die Klinik gebracht und man meinte, sie hätte Glück gehabt, dass sie nicht erfroren sei. Aber Glück war nichts, was man auf sie beziehen konnte. Sie summte die ganze Zeit vor sich hin, blickte niemanden an, saß bewegungslos in einer Zimmerecke. Und summte eine immer wiederkehrende Melodie. Sie war abgetaucht, verloren in ihrem eigenen Kopf – und das sollte sich auch in den nächsten Jahren nicht ändern. Es war ihr Vater, der die Melodie identifizierte; Mahlers Kindertotenlieder. Er hatte sie früher selbst einmal gesungen – für Katja, als Wiegenlied.

…bis dass der Tod sie scheidet

Seine Finger bohrten sich in ihre Oberarme. Das tat weh! Die alten Blutergüsse waren noch nicht verschwunden. Doch sie zuckte nicht und wendet auch den Blick nicht ab. Diesmal war es der Kaffee gewesen. Nicht pünktlich genug, nicht heiß genug, einfach nicht genug! So war es immer, wenn er vom Dienst kam, mal wieder mit seinem Chef aneinander geraten war. Und das kam in letzter Zeit häufig vor; denn Walter trank. Es begann meist schon mittags mit einem Bier zum Essen, den Flachmann in der Schublade und abends dann das volle Programm. Doch das bekam außer ihr niemand mit, denn er war ein gut angepasster Alkoholiker, weitgehend funktional mit kleinen Aussetzern. Die meisten ahnten nichts von seinen Suchtproblemen, seinen Erinnerungslücken, seiner Aggressivität und Gewaltbereitschaft. Doch sie wusste es nur zu gut: Langsam aber sicher entglitt ihm sein Leben, seine Macht. Die einzige Möglichkeit, für sich die Kontrolle zu erhalten, war, seine Ehefrau zu drangsalieren. Und dazu benötigte er keinen echten Auslöser. Manchmal hatte sie den Eindruck, reichte es schon, dass sie da war, atmete. Und doch - was war er für ein großartiger Mann gewesen. Kreativ, genial, charismatisch und verführend! Und manchmal, in klaren Momenten, gab es diesen Menschen noch immer, in den sie sich verliebt hatte, den sie immer noch von Herzen liebte. Sie konnte ihn nicht verlassen. Doch sie hatte gelernt, zu schweigen, zu ertragen. Ansonsten würde seine Wut nur größer und stärker und sie würde sich gegen sie richten. Heute war ein ganz besonders schlimmer Tag. Sie wusste nicht, was geschehen war, was ihn so rasend machte. Der kalte Kaffee kam gerade recht. Er schüttelte sie und schrie sie an. Die Worte verstand sie kaum, sie spielten auch keine Rolle, denn sie hatte sich schon in ihre eigene Welt zurück gezogen. Eine Welt ohne Gewalt und Brutalität. Er zerrte sie ins Schlafzimmer, sie war völlig reglos, wehrte sich nicht, rührte sich nicht und schloss die Augen. Bald würde es vorbei sein. Sie konnte es ertragen. Als er sie aufs Bett warf, fixierte sie die Leuchte an der Decke. Nur nicht in seine Augen sehen. Er schlug sie heftig, zuerst mit der flachen Hand, dann mit der Faust. Er wollte, dass sie sich rührte, sich fügte, ihn bemerkte – doch sie war in ihrer eigenen Welt.

Irgendwann drangen die Schmerzen zu ihr durch. Heute war es nicht damit getan, zu warten, auszuhalten. Heute war es anders. Sein Blick war verzerrt, er saß auf ihr und seine Hände schlossen sich um ihren Hals. Sie wusste, dass er sie heute töten würde. Morgen würde es ihm leid tun, aber heute würde sie sterben. Sie ruderte mit den Armen, endlich wehrte sie sich, doch das führte nur dazu, dass der Druck auf ihren Hals zunahm. Mit einem letzten Aufbäumen tastete sie nach der Nachttischlampe, griff sie und knallte sie ihm gegen die Schläfe. Sie traf ihn gar nicht richtig, doch er hatte nicht dem Schlag gerechnet. Er verlor das Gleichgewicht, fiel zur Seite, rutschte

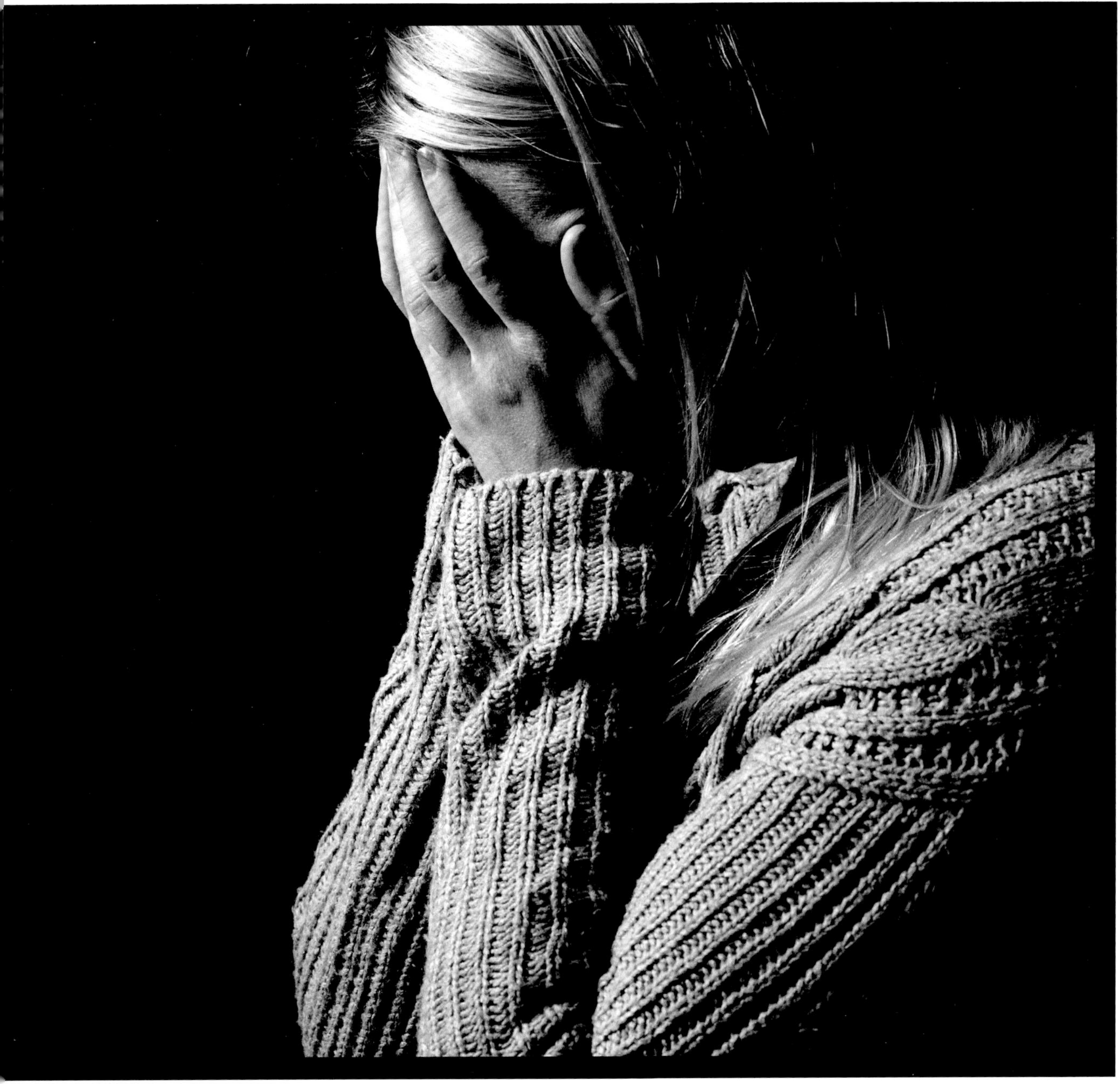

...in guten und in schlechten Tagen

ab und schlug sich den Schädel am Nachttisch auf. Das knackende Geräusch hört sie nicht mehr, denn sie war ohnmächtig geworden.

Als sie aufwachte, lag sie in einem Bett. Sie konnte die Augen kaum öffnen, alle Glieder taten ihr weh. „Sie sind wach? Ich bin Schwester Margret. Sie befinden sich im Marienkrankenhaus. Machen Sie sich keine Sorgen. Wir kümmern uns um sie!" – doch das hörte sie schon nicht mehr. Sie war wieder weg gedämmert.

Die Schwester unterhielt sich leise mit dem Polizisten, der gekommen war, um sie zu befragen. „So etwas habe ich noch nie gesehen. Multiple Frakturen, der Körper ist ein einziger Bluterguss und sie hat auch innere Blutungen. Es ist ein Wunder, dass sie das überlebt hat. Wie kann ein Mensch so etwas einem anderen Menschen antun?" Der Polizist seufzte. „Gewalt in der Familie ist gar nicht so selten. Gut, dass die Nachbarn uns gerufen haben. Wir mussten die Tür aufbrechen. Aber so hat sie noch eine Chance."

Nach einer Woche konnte sie das erste Mal aufstehen. Ihre Augenlider waren immer noch geschwollen, sie konnte kaum sehen. Und sie bewegte sich wie eine alte Frau, dabei war sie noch keine 30. Alles tat ihr weh, die Blutergüsse zeigten eine gelb-grünliche Färbung. Doch jetzt wollte sie es wissen. „Wo ist er?" – „Machen Sie sich keine Sorgen. Er wird Ihnen nie mehr etwas antun." Doch das war nicht das, was sie hören wollte: „Wo ist er? Wie geht es ihm?" Die Schwester zögerte. „Er liegt auf Station II. Man hat ihn operiert. Doch er hat sich das Genick gebrochen. Er lebt, aber er liegt im Koma. Sollte er jemals wach werden, ist er vom Hals an abwärts gelähmt." – „Ich will ihn sehen!" Sie setzte sich auf und kroch aus dem Bett. „Halten Sie das für eine gute Idee? Seien Sie froh, dass Sie sich von ihm befreit haben. Er wollte sie töten!" Doch sie zögerte nicht. Langsam ging sie den Flur hinunter, tastete sich die Wand entlang und betrat sein Zimmer. Er lag auf dem Bett, Schläuche am Körper und mit verschiedenen Maschinen verkabelt, die Augen geschlossen, das Gesicht entspannt. So ruhig hatte sie ihn seit Jahren nicht mehr gesehen. Langsam näherte sie sich dem Bett. Ihre Hand strich ihm sanft das Haar aus der Stirn. Das hatte sie schon früher gerne getan. Diese Stirnlocke war ihr damals als erstes aufgefallen. Er rührte sich nicht. Sie streichelte sein Gesicht. Die Schwester, die ihr gefolgt war, traute ihren Augen nicht. „Die nächste Woche kann er noch hierbleiben, aber dann kommt er in eine Pflegeeinrichtung. Sie sollten schnellstmöglich die Scheidung einreichen und ein neues Leben beginnen. Sie sind noch jung." Doch sie traf eine andere Entscheidung: „Ich nehme ihn mit!" – „Sind Sie verrückt? Wissen Sie, was Sie sich damit antun? Er wird nie mehr gesund werden. Und wenn, dann Gnade Ihnen Gott." Doch ihr Entschluss stand fest. Sie küsste ihn zärtlich auf den Mund. Endlich durfte sie ihn lieben.

- 87 -

DIE FLÜGEL WEIT

„Tu das nicht!

Neeeiiiiiiiiiinnnn!" Sie stürzte rücklings über das Geländer. Ihr Schrei verhallte, als sie spürte dass sie fiel. Rasend schnell ging es abwärts und in den letzten Momenten ihres Lebens flammten Erinnerungsfetzen auf. Das Lächeln ihrer Mutter, kurz vor ihrem Tod, als sie 6 Jahre alt war, das verzerrte Gesicht des Vaters, die unsäglichen Dinge, die er ihr angetan hatte, die Schmerzen im Unterleib, ihre Schulzeit, als Außenseiterin, die kleinen Schikanen der Nachbarskinder, die grüne Wiese voller Löwenzähne hinter dem Haus, über die sie immer zum Bach gerannt war, die Sonne im Gesicht, das weiche Fell ihrer Katze Tina, ganz schwarz und pelzig, die Trauer, als sie sie tot am Straßenrand fand, der erste Kuss, Hoffnung auf ein besseres Leben, ihre Hochzeit – so verregnet, dass man vor der Kirche keine Fotos machen konnte, die Geburt von Lena, der Geruch im Kreissaal, der erste Blick auf ihr Kind, das Gefühl überbordender Liebe, der Wunsch, alles besser zu machen, das erste Lächeln, die ersten Schritte, die ersten Worte, das vollkommene Glück, bis zu dem Moment, als alles kippte. Ihr Mann über Lena gebeugt, sie mit nackten Unterleib, er streichelte sie, ihr eigenes Schweigen, ihre Fassungslosigkeit, die nächtliche Flucht mit ihrer Tochter ins Frauenhaus, die Panik, von ihm entdeckt zu werden, der ständige Ortswechsel, gehetzt von ihren Ängsten, sein Gesicht, als er sie hier oben erblickte, haßerfüllt... der Aufprall kam hart und schmerzhaft, sie spürte, dass etwas brach, die Luft wurde ihr abgeschnürt, ein Atmen war unmöglich. Es war kalt.... so kalt... Sie fiel zurück in das Lächeln ihrer Mutter und spürte die Wärme, die Hoffnung. Sie ging in das Lächeln hinein, verging ...

Er stand oben

auf dem Dronketurm, beugte sich vor und schaute erschüttert auf die Leiche seiner Frau. Seiner Ex-Frau, korrigierte er sich in Gedanken. Sie hatten sich schon Jahre nicht mehr gesehen, seit sie damals in einer Nacht- und Nebelaktion das Haus verlassen hatte. Er hatte ihr Gesicht gesehen, als er die fünfjährige Lena trocken gelegt hatte. Früher war Windelwechsel für ihn Routine, doch aus dem Alter war sie eigentlich schon heraus. An diesem Tag war sie fiebrig und über Übelkeit klagend aus dem Kindergarten gekommen, ein plötzlicher Durchfall, denn sie nicht beherrschen konnte, ein Schwächeanfall. Er beschloss, sie zunächst zu säubern und sie dann zum Arzt zu fahren. Doch als seine Frau hereinkam, war er eigentlich ganz froh, ihr diesen Job überlassen zu können. „Sie ist krank", hat er noch gesagt, doch sie hatte nur das Kind angestarrt, ihn aus dem Raum geschoben und die Tür hinter sich geschlossen. Er hatte sich nichts dabei gedacht, denn er war sowieso spät dran für das abendliche Fußballtraining. Als er spätabends zurück kam, war sie fort, mit dem Kind. Kein Brief, kein Abschied. Nichts. Er wartete bis zum nächsten Morgen und telefonierte dann Freude und Bekannte ab, doch sie war nicht aufzufinden. Auch eine Vermisstenmeldung bei der Polizei brachte kein Ergebnis. Hier vertröstete man ihn, er solle erst einmal ein paar Tage abwarten. Seine Frau wäre schließlich erwachsen, Wie es denn um seine Ehe stünde? Zwei Tage später erblickte er sie durch Zufall in Trier. Sie ging in ein Haus und er folgte ihr. Doch fand er keinen Einlass, es handelte sich um das örtliche Frauenhaus. Seine Frau durfte er nicht treffen, und die anwesenden Frauen behandelten ihn wie ein widerwärtiges Insekt. Er solle sich gar nicht einbilden, dass er seine Tochter noch mal wiedersehen würde. Er solle sich professionelle Hilfe holen. Eine Frau sagte „Du dreckiges Schwein", und er sah Wut und Verachtung in ihrem Gesicht. Erst da verstand er. Er bestand darauf mit seiner Frau zu reden, das Missverständnis aus der Welt zu räumen. Er würde doch nie seine Tochter anrühren, doch nicht seine Lena. Er weinte und schrie und es half nichts. Das kenne man alles schon, hieß es und starke Arme setzten ihn vor die Tür. Er hatte weiterhin versucht, mit seiner Frau Kontakt aufzunehmen, doch sie verweigerte sich konsequent. Später sagte man ihm, dass sie die Stadt verlassen hätte und er nicht versuchen sollte, sie zu finden. Das Frauennetzwerk würde nun für sie und Lena sorgen. Gleichzeitig sickerte die Anklage durch. Nicht, dass ihn jemand direkt ansprach – da hätte er sich wehren können. Nein. Aber er fühlte die Blicke der Nachbarn, die sich abwendeten, wenn er vors Haus trat, sein Steuerberater wechselte die Straßenseite, als er ihm begegnete und zwei Wochen später bekam er plötzlich eine Abmahnung in seinem Elektrohandwerksbetrieb, weil er angeblich einen Phasenprüfer mit nach Hause genommen hatte. Ja, das hatte er, das taten alle, und er hätte ihn ja auch wieder zurück gebracht. Doch er erkannte in den Blicken des Meisters, dass es nicht um einen Phasenprüfer ging, sondern um ihn ganz persönlich. So verwandelte sich nach und nach seine Liebe in Hass – wie konnte sie nur so etwas von ihn glauben – seine Trauer in Bitterkeit – und auch er verließ die Stadt und gab alle Hoffnung auf, sie jemals wiederzufinden. Sein Rechtsanwalt hatte ihm dazu geraten. „Ist der Vorwurf erst einmal in der Welt, haben Sie keine Möglichkeit, sich davon reinzuwaschen. Sie werden sicher nicht verurteilt, denn man kann Ihnen die Tat nicht nachweisen, doch Sie kennen die Menschen: Dieser Gerichtsprozess wird Sie bis an Ihr Lebensende verfolgen und Sie werden immer mit Zweifel und Misstrauen rechnen müssen. Wollen Sie das wirklich? Denken Sie auch an Ihre Tochter. Sie wird zum Zankapfel zwischen Ihnen und Ihrer Frau. Auch wenn an den Vorwürfen nichts dran ist – der Gerichtsprozess mit seinen Befragungen wird sicherlich nicht spurlos an ihr vorüber gehen." Und so hatte er sich entschieden, ein neues Leben anzufangen und Lena aufzugeben. Aus Liebe!

Als er nun hier oben stand

und an das panische Gesicht seiner Frau dachte, fragte er sich nicht zum ersten Mal, ob diese Entscheidung nicht doch falsch gewesen war. Er hatte sie geliebt, ihre Spontaneität, ihre Stimmungsumschwünge, ihr unheimlicher Lebenshunger an guten Tagen und ihre Verletzlichkeit, wenn sie ihren Blues hatte. Heute war er den Turm hochgestiegen, weil er hier oben verabredet war, die Frau hatte ihn anscheinend versetzt, wie ihm gerade einfiel. Dafür fand er hier seine Frau, die so panisch vor ihm zurückwich, dass sie nun am Fuß des Turms lag. Er hatte alles verloren, seine Liebe, seine Tochter – und nun war unwiderbringlich jede Gelegenheit dahin, dass Missverständnis aufzuklären, die Verletzungen zu heilen, sich reinzuwaschen. Zumindest in diesem Leben. Er breitete die Arme aus und ließ sich nach vorne fallen. Sein Mantel flatterte um seinen Körper und er sah wie ein riesiger Vogel aus, der sich im Sturzflug dem Erdboden näherte. In guten und in schlechten Tagen, bis dass der Tod euch scheidet. Bei ihnen war es anders – im Leben getrennt, im Tod vereint.

Ich ließ das Fernglas

sinken. Unerwartet, aber nicht unwillkommen! So hatte es nun ein Ende. Ach ja, ich bin Lena, 17 Jahre, die Tochter der beiden. Sie mögen sich wundern, dass ich das so gefühllos erwähne, doch ich kann Ihnen versichern, dass ich durchaus Gefühle habe: Wut, Zorn, Hass. Und das ist sehr viel besser als die Gefühle von Trauer und Ohnmacht, die mich in meiner Kindheit begleiteten. Wenn Sie es genau wissen wollen, meine Mutter war eine durchgeknallte Psychopathin und mein Vater hat mich verlassen, als ich 5 war und mich mit dieser Frau allein gelassen. Ich durfte nicht aus dem Haus, ohne dass sie mich begleitete. Sie nahm mir den Atem. Überall sah sie Schatten und Gefahr. Wir sind alle drei Monate umgezogen, meist hastig und überreilt, das Nötigste zusammengerafft, von einer Stadt in die nächste. Hinter jeder Ecke sah sie Gespenster. Das einzig Beständige war die permanente Fluchtbereitschaft. Zunächst wusste ich gar nicht warum, doch irgendwann habe ich mitbekommen, dass mein Vater etwas Schreckliches mit mir gemacht hat. Was? Keine Ahnung. Auf jeden Fall hat er mich verlassen. Andere Kinder hatten Eltern, ich nicht. Nur eine panische Mutter, die vor lauter Sorge vor möglichen Gefahren kein Auge für ihre Tochter hatte. Mit neun hatte ich meine Lektionen gelernt – keine Freundinnen, keine Bindungen, kein Haustier, keine Kuscheltiere, weil die nie in den Koffer passten. Mein Leben war ein kleiner schwarzer Trolley und wirre Träume in einem Kinderschlafsack. Schule? Mal so, mal so. Ich hätte gerne gelernt, bin wohl auch intelligent genug für einen vernünftigen Schulabschluss, aber faktisch habe ich nichts vorzuweisen. Ich hatte gehofft, dass ich spätestens mit 18 ausziehen könnte, doch seit rund zwei Jahren hat sich die Paranoia meiner Mutter noch verschlimmert. Einmal hat sie mich für zwei Wochen in mein Zimmer eingesperrt, nur weil ich mit einem Jungen aus der Nachbarschaft geredet habe. Das ist doch krank! Gleichzeitig jammert sie den ganzen Tag, wie sehr sie mich liebt und wie sehr sie mich braucht. Sie klammert mich zu Tode. Im letzten Jahr habe ich versucht, Kontakt mit meinem Vater aufzunehmen. Übers Internet fand ich seine Adresse inklusive Nickname und begegnete ihm dann in einem Chatroom für Singles – natürlich anonym. Manche Leute sind echt naiv, was das Internet angeht. Sein Beziehungsstatus war „Alleinstehend ohne Kinder". Da bin ich ausgerastet. Ich habe ihn in eine Internetbeziehung verstrickt und ihn so heiß auf mich gemacht, dass er sich heute mit mir treffen wollte. Oben auf dem Dronketurm, mit Blick über die Vulkaneifel und die Maare. Wie romantisch! Ja, ich bin eine romantische Seele, wenn man mich nur lässt. Natürlich wusste ich, dass Mutter hier oben sein würde. Sie hatte sich angewöhnt, hier abends die Sonne zu verabschieden, wie sie es nannte. Das war ihr so wichtig, dass sie sogar an Regentagen hier hoch wanderte. Ich hatte es schon vor Jahren aufgegeben, sie verstehen zu wollen. Ich weiß nicht, was ich erwartet habe. Eine griechische Tragödie? Er tötet sie? Sie tötet ihn? Habe ich vielleicht sogar in einer kleinen Ecke meines Herzens eine Versöhnung erhofft? Egal! Irgend etwas, um diesen unhaltbaren Schwebezustand zu kippen, in welche Richtung auch immer.

Nun war es vollbracht.

Ich setzte mich auf eine der Holzliegen in der Nähe des Turms und blickte nach oben. An manchen Tagen sah man hier Sterne, unglaublich viele Sterne und jeder Stern trug ein eigenes Versprechen des Schicksals in sich. Heute gab es nur Wolken und es hatte angefangen, zu regnen. Die Tropfen liefen mir über das Gesicht und mischten sich mit meinen Tränen. Es war kalt. Es war gut. Ich war frei...

Schon den ganzen Tag regnete es. Nicht richtig. Es war so ein fieser Nieselregen, der in alle Knochen kroch. Dabei wehte ein leicht böiger Wind, der sich durch die Ritzen des Fensters drängte. Typisches Novemberwetter! Er schob die Gardine wieder zu und zog sich vom tristen Ausblick des schon leicht maroden Holzfensters zurück. Er hasste diese Jahreszeit. Wie auch der Januar. Und der Februar. Und genau genommen auch der März. Rheinisches Sibirien! Aber dafür liebte er den Dezember ganz besonders. Ja, das war seine Zeit. Der rote Mantel dürfte inzwischen fast etwas zu weit geworden sein. Er drehte sich vor dem kleinen Spiegel hin und her und versuchte, durch Vor- und Zurücklehnen einen Blick auf seine komplette Erscheinung zu erhaschen. Das Essen schmeckte ihm hier einfach nicht. Im nächsten Jahr würde er sich wohl einen neuen Mantel organisieren müssen. Gottseidank nahm man an den Füßen nicht auch ab – auf seine blankgeputzten Lederstiefel war er besonders stolz. Rote Pluderhosen, der rote Mantel mit weißem Pelzbesatz aus echtem Katzenfell, die schwarzen Stiefel und natürlich nicht zu vergessen Zipfelmütze und Rauschebart – das machte schon etwas her. Die Kinder liebten es. Sie liebten ihn. Und er liebte die Kinder. Adventszeit, Nikolauszeit, ja, das war die Zeit, in der er aufblüh-

STILLE N

te. Er mochte es, in seine Rolle zu schlüpfen – der gute Onkel zu sein, Wünsche zu erfüllen. Hoh, hoh, hoh! Er mochte es, wenn die Kinder sich um ihn scharrten und sich darum rissen, wer auf seinem Schoß sitzen durfte. Im letzten Jahr hatte er als Weihnachtsmann im Kaufhof gearbeitet – das würde wohl in diesem Jahr nicht mehr gehen. Aber es würde sich schon etwas finden. Schließlich liebte er Kinder. Er streichelte verträumt den Kragen seines Bademantels und stellte sich vor, es sei der Pelzbesatz seines Mantels. Kinderlächeln war etwas Wunderbares. Besonders das Lächeln von kleinen Mädchen. Manche sahen aus wie kleine Engelchen. Wenn sie ihn mit großen Augen anstarrten, dann konnte er sie mit einem freundlichen, tiefen Hoh! Hoh! Hoh! zum Lachen bringen. Wenn ihn lautes Lachen auch manchmal störte. Manche Kinder lachten furchtbar schrill. Das tat ihm in den Ohren weh. Und noch schlimmer war es, wenn sie weinten. Das konnte er gar nicht aushalten. Kinder sollten still sein. Ganz still. Dann konnte man ihre Gesichter streicheln, sie hätscheln, sie berühren... Aber nicht, wenn sie schrien. Seine Hände verkrampften sich und er presste die Zähne zusammen. Wenn sie schrien, wusste er nie, was er tun sollte. Sie sollten nur aufhören, zu schreien. Wieder still sein! Wieder lieb sein! Seine Hände fuhren aufgeregt an seinen Oberschenkel auf- und abwärts.
Ein Schlüssel knirschte im Schloss und die Tür öffnete sich. „Hallo Herr Braumeister, wie geht es uns denn heute? Zeit für Ihre Pillen." Eine weißgekleidete Frau betrat das Zimmer mit einem Tablett in der Hand und verbreitete professionelle Heiterkeit. Sie stellte das Tablett ab und rückte resolut die Gardinen zurecht. Mit leichter Besorgnis registrierte sie, dass sich einer der Gitterstäbe aus dem Fundament löste. Hier musste dringend der Hausmeister ran. Sie wendete sich ihrem Patienten zu. Eigentlich sollte sie ihm nicht den Rücken zukehren, aber was sollte schon passieren? Diese Medikamentendosis konnte ein Pferd ruhigstellen. Obwohl er heute merkwürdig nervös wirkte... Das Reiben der Oberschenkel hatte sie vorher noch nie bei ihm beobachtet. Sie würde mit Dr. Weisheimer darüber sprechen müssen. Sorgfältig schloss sie die Tür wieder hinter sich ab. Er hatte sie durch halbgeschlossene Augenlider beobachtet und nervös registriert, dass ihm nicht mehr viel Zeit blieb. Sein Blick wanderte zum Fenster. Bald ist es dunkel ...

ACHT

Mousse au chocolat

Sahnig, süß mit einer leicht herben Note – er presste die Creme leicht zwischen Zunge und Gaumen. Auch eine Spur von Orange war schmeckbar. Er hielt bewusst nach jedem Bissen inne, saß dort mit geschlossenen Augen und schien in sich hinein zu spüren. Jede Geschmacksknospe war aktiviert. Bevor er den Löffel in den Mund schob, sog er den Duft des Desserts tief ein: Criollo-Schokolade, ein Hauch Sahne, vielleicht eine Prise Vanille? Er aß nicht, er zelebrierte sein Essen. Für eine gute Mousse au Chocolat könnte er sterben. Er gönnte sich dieses Fest nur sehr selten, denn es sollte für ihn immer etwas ganz Besonderes sein. Machte Schokolade glücklich? Vielleicht nicht jeden, aber ihn bestimmt. Er leckte die Mousse vom Löffel, behielt die Creme kurz im Mund, schob sie über die Zunge und schmeckte sie in jedem Winkel seines Mundes. Um ihn herum versank die Welt. Er nahm weder das erstklassige Interieur um sich herum war, noch die anderen Gäste oder den Ober. Völlig in seinen Genuss versunken, hielt er die Augen geschlossen und schmeckte...

Doch plötzlich schrak der gutaussehende Mitvierziger auf, denn eine Hand hatte sich grob auf seine Schulter gelegt: „Frederik Godard, Sie sind verhaftet. Sie werden beschuldigt, Ihre Frau Christine ermordet zu haben. Stehen Sie auf!" Die harsche Stimme des jugendlichen Kommissars zerstörte abrupt die Atmosphäre und die genussvollen Impressionen verpufften. Die Schultern verspannten sich. Mit leisem Bedauern sah Frederik auf das zur Hälfte verzehrte Dessert und sog noch einmal den Duft der Schokolade tief ein. Er sah auf: „Dürfte ich wohl noch…", doch der Kommissar riss in grob von seinem Stuhl, dreht ihn herum und die Handschellen klickten. „Das könnte Ihnen so passen. Richten Sie sich auf Gefängniskost ein!" Erhobenen Hauptes ging Frederik durch das Restaurant zum Ausgang und ignorierte die Blicke und das Tuscheln der übrigen Gäste. Im Fahrzeug setzten sich beide in den Fond, die uniformierten Polizisten nahmen auf den Vordersitzen Platz, doch die Abfahrt verzögert sich ein wenig, da der Fahrer noch telefonierte. Frederiks Blick streifte das Gesicht des Kommissars, auf dem sich Verbitterung und Ärger zeigte. „Kannten Sie Christine" fragte er leise. „Was? Was meinen Sie?" Der Kommissar hatte augenscheinlich nicht mit dieser Frage gerechnet. „Kannten Sie meine Frau?" wiederholte Frederik die Frage ein wenig drängender. Der Kommissar schaute an ihm vorbei, doch er schien nichts wahrzunehmen. Vor seinen Augen entfaltete sich das Bild seiner Schwester.

Mousse au chocolat

Christine war acht Jahre älter gewesen als er selbst und das hatte sie ihn deutlich spüren lassen. Nie hatte er seinen vierten Geburtstag vergessen, an dem ihm seine Eltern einen kleinen Kanarienvogel geschenkt hatten. Er hatte sich so sehr diesen Vogel gewünscht. Doch als er am anderen Morgen ins Zimmer kann, lag Hansi, sein kleiner Freund tot in seinem Käfig. Sein Körper war buchstäblich zerfetzt worden. Christine lächelte nur maliziös und flüsterte „Das kann ich auch mit dir machen!" Und so hatte er sich nicht getraut, seinen Eltern davon zu erzählen. Später war der Käfig leer und Christine petzte, dass er den Vogel aus Versehen frei gelassen hätte. Zur Strafe bekam er eine Ohrfeige. Mit 15 war Christine atemberaubend schön und wurde für eine Model-Karriere entdeckt. Damals hatte er aufgeatmet, denn nun verlief sein Leben erheblich stressfreier. Sie hatte es immer verstanden, ihn zu quälen und zu drangsalieren. Für ihn war sie der Teufel gewesen, und er war froh, als sie verschwand. Die Eltern starben bei einem Unfall, als er 16 war, und die Umstände konnten nie genau geklärt werden. Es war ein Unfall mit Fahrerflucht, und er hatte sich immer gefragt, ob nicht auch hier Christine ihre Hände im Spiel gehabt hatte. Er traute ihr alles zu! Letztlich war der Unfall auch der Auslöser gewesen, nicht zu studieren, sondern eine Ausbildung bei der Polizei zu machen. Irgendwie hatte er immer die Hoffnung gehabt, den Unfallverursacher zu finden. Idiotischerweise kam jemand auf den Gedanken, Christine bis zu seiner Volljährigkeit zu seinem Vormund zu bestellen und er hatte sich nicht getraut, dagegen zu protestieren. Das Ergebnis war zu erwarten gewesen: Sie kümmerte sich überhaupt nicht um ihren kleinen Bruder (was er erleichtert zu schätzen wusste) und schaffte es, in den beiden Jahren das komplette Treuhandvermögen in dunklen Kanälen versickern zu lassen. Er vermied den Konflikt mit ihr, denn ihr böses Lächeln erfüllte ihn immer noch mit tiefen Entsetzen. Er hatte den Kontakt mit ihr an seinem 19. Geburtstag abgebrochen, und Christine unternahm keinerlei Anstrengungen, das zu ändern. Ja, in der Tat, er kannte Christine.

Frederik beobachtete sein Minenspiel mit Interesse. Zögernd sprach der Kommissar: „Sie war meine Schwester." Frederik lächelte leise: „Aaah, Sie verstehen... Der Kommissar blickte auf, ihre Blicke trafen sich. Er zögert kurz und lächelte dann leicht: „Möchten Sie noch ein Dessert?"

Noch ein Dessert?

Mousse au chocolat

Sie brauchen 300 gr Kuvertüre mit 60 Prozent Kakaoanteil. Ansonsten wird es zu süß. Verzichten Sie lieber auf die 70prozentige Variante. Diese Kuvertüre hat oft eine etwas "mehlige" Anmutung auf der Zunge.
Darüber hinaus: 2 Eier, 400 gr süße Sahne und 2 Esslöffel Rum.
Schlagen Sie die Sahne ungesüsst steif und stellen Sie sie in den Kühlschrank. Die Kuvertüre klein schneiden und im Wasserbad unter geringer Hitze und permanentem Rühren auflösen. Wenn die Kuvertüre geschmolzen ist, füllen Sie Eier und Rum in eine Metallschale und schlagen sie im Wasserbad schaumig. Anschließend füllen Sie die Kuvertüre in die Eierschaummasse. und verrühren alles zu einer cremigen Masse. Danach gießen Sie diese Masse in die geschlagene Sahne und mischen so lange, bis alles gut miteinander verbunden ist. Anschließend sollten Sie die fertige Mousse mindestens eine halbe Stunde kalt stellen. Wer mag, füllt sie vor dem Abkühlen schon in die Dessertschälchen.

Auch diese Rezept ist nicht ganz ungefährlich. Vorsicht vor Hüftgold!

SÜẞE TRÄUME!

Üxheim-Leudersdorf, August 2016

DANK!

Wir danken all den Menschen, die uns dieses Buch ermöglicht haben. Nicht zuletzt den ganzen Inspirationsquellen für muntere Morde. Auch wenn der Katharsiseffekt als nicht gesichert gilt: Es tat so manches mal gut, jemanden, der uns geärgert hat, einfach einmal literarisch um die Ecke zu bringen. Natürlich sind Ähnlichkeiten mit realen Menschen nicht beabsichtigt und keine der Geschichten hat biografische Anteile, auch wenn viele Episoden in unserer Region spielen, am Tatort Eifel!

Dieses Buch ist für uns ein Experiment. Es ist ein "Guckwerk" geworden. In Zeiten von E-Books und Internet: Gibt es noch Menschen, die Lesen bewusst genießen? Die Freude an aufwändiger Gestaltung haben? Für die Lesen nicht nur ein schnelllebiges Vergnügen ist, sondern ein echter Genuss mit allen Sinnen? Diesen Menschen ist dieses Buch gewidmet.

Freudvolle Lektüre und einen guten Schlaf!

Andrea Revers + Claus Weischet

Die Autoren

Andrea Revers

ist Diplom-Psychologin und Coach und somit vertraut mit menschlichen Abgründen. In der Eifel infizierte sie sich mit dem grassierenden Krimi-Virus. So schreibt sie nun Kurzgeschichten, prägnant und auf den Punkt gebracht und oft auch mit Eifler Bezügen.

Claus Weischet

Grafik-Designer und Layouter, lebt mit seiner Frau seit 1991 in der Eifel. Er gestaltete liebevoll und mit großer Kreativität die Kurzkrimis und macht so aus einem Buch ein „Guckwerk". Darüber hinaus fungiert er als Ideengeber für zahlreiche Kurzgeschichte und viele noch nicht geschriebene Bücher.

Smokey

inzwischen 13 Jahre, macht nicht nur als Mörder eine gute Figur („Die dunkle Treppe"). Er sorgt für notwendige Entspannungsmomente und klärt die Prioritätensetzung. Wenn er gerade mal nicht schläft... Fürs Foto haben wir in kurz geweckt.

Bildnachweise

Blutspritzer
- © GraphicCompressor - Fotolia.com

Einstieg und Inhalt
© arekmalang – istockphoto.com – Pralinenschachteln
© nelik - istockphoto.com – alle Pralinen

Schokotrüffel
© Piotr Marcinski - Fotolia.com – Frau am Fenster
© DoraZett - Fotolia.com – Pause
© andrew7726 - Fotolia.com - Einschüsse

Männer sind wie Unkraut
© Pixel & Création - Fotolia.com – Pusteblume
© Alois - Fotolia.com – Löwenzahn
© Joachim Opelka - Fotolia.com - Klette
© Alois - Fotolia.com – große Brennessel
© Pavel Parmenov - Fotolia.com – winde
© Revers/Weischet - Rose

Die dunkle Treppe
© Revers/Weischet – Treppe, bearbeitet mit Photoshop
© Revers/Weischet – Katze

Es grünt so grün
© ferkelraggae - Fotolia.com – Bärlauchwald, bearbeitet mit Photoshop
© unpict - Fotolia.com – Bärlauchglas, bearbeitet mit Photoshop
© emer - Fotolia.com – Bärlauchdoppelgänger

Die Mauer
© gradt - Fotolia.com – Splatter
© apfelweile - Fotolia.com – Mauer

Schlechte Gewohnheiten
© kunertus - Fotolia.com – Tasse
© nito - Fotolia.com – verbranntes Papier

© Lee Yiu Tung - shutterstock.com - Rettungsring

Familientradition
© goir - Fotolia.com – Anstreicher
© Imaster - Fotolia.com – Wand, bearbeitet mit Photoshop

Frühkartoffel
© Roman_23203 - Fotolia.com – Junge
© Stéphane Bidouze - Fotolia.com – Hand

Die gute Tat
© Alex Malikov - shutterstock.com - Hackebeil
© helenstock - Fotolia.com – Blutflecken
© iagodina - Fotolia.com – Hund

Käse-Igel
© Revers/Weischet – Käse-Igel, bearbeitet mit Photoshop

Ordnung muss sein
© lzf - istockphoto.com - Läuferin

In vino veritas
© Tyler Stalman - istockphoto.com, Junge
© Pixel Embargo - Fotolia.com – Mädchen
© quayside - Fotolia.com - Roweinglas

Die Zeit davor
© zeljkosantrac - istockphoto.com – Kaffeekanne, bearbeitet mit Photoshop

Omelett mit Pilzen
© gradts – istockphoto.com – Sturz

Prost Mahrzeit!
© surely – istockphoto.com – Leiche

Gegenwind

Not macht erfinderisch
© Revers/Weischet - Baum
© hemlep - Fotolia.com - Frettchen
© hemlep - Fotolia.com- Frettchen

Unter Dampf
© Revers/Weischet – Dampflok, bearbeitet mit Photoshop

Persona non grata
© krockenmitte – photocase.de – schwarzes Schaf, bearbeitet mit Photoshop
© Ralf Kraft - Fotolia.com – Lamm

Ein Freund, ein guter Freund
© bramgino - Fotolia.com

Kindertotenlieder
© Alenavlad - Fotolia.com – Frau mit Cello
© Revers/Weischet – Wasserfall Dreimühlen, Ahütte

-- bis dass der Tod sie scheidet
© itsmejust - Fotolia.com – Frau
© stewwi – photocase.de – Licht

Die Flügel weit
© nurmalso / photocase.de - Sturzflug
© Photocreo Bednarek /fotolia.com - Rabe
© wikimedia commons - Dronketurm, bearbeitet mit Photoshop

Stille Nacht
© Gerti G. / photocase.de - it´s over

Mousse au chocolat
© epic - Fotolia.com – Hintergrund
© Revers/Weischet – Mousse au chocolat

Einige der Geschichten wurde bereits in der Zeitschrift „Hilla – das Magazin für das Hillesheimer Land" veröffentlicht, einige in der Zeitschrift „Vulkaneifel – Heimat hautnah". Und die für den „Deutschen Kurzkrimipreis 2011" nominierte Kurzgeschichte „Schlechte Gewohnheiten" findet man auch in der Tatort Eifel 3-Anthologie des KBV-Verlags.